Régis Jauffret

Asiles de fous

Gallimard

Il faut que je change de lit, de canapé, de fauteuils, et que je peigne les vitres pour modifier la couleur du jour. Les tapis finiront sur le trottoir, le téléphone et le téléviseur aussi. Il faut que je déménage, l'appartement est à jeter comme le reste, et le quartier, et la ville. Et ce corps me pèse comme une lourde poubelle, il faut que je m'en débarrasse, il ne pouvait servir qu'à le regarder, qu'à l'étreindre, je n'étais rien d'autre que lui, je suis faite pour le recouvrir, le contenir, greffer ma conscience à la sienne.

Il ne m'a jamais acceptée, il m'a toujours tenue à distance, il craignait que je l'infiltre comme un réseau. Il ne voulait pas devenir une moitié de couple, il ne serait jamais autre chose que cette solitude. Il garderait son angoisse, il ne la partagerait sous aucun prétexte. Il se méfiait du bonheur comme d'une mort, il avait trop peur que la joie le décompose, qu'à force de sourire il ne soit plus rien.

Il faut que je me débarrasse des enfants, trois ou quatre, aujourd'hui je ne sais plus. Des enfants que nous n'avons pas eus, des enfants tenaces, dont je serai toujours enceinte, même s'ils occupaient les pièces, s'ils réduisaient l'espace, s'ils étaient si turbulents qu'il n'y avait plus un bibelot entier, plus une lampe sur son socle, sans parler de la commode dont les poignées étaient arrachées. Le tiroir du haut avait disparu, défenestré sans doute, à moins qu'ils en aient fait une barque aussitôt coulée dans le fleuve.

Ils avaient dû rentrer mouillés, en loques, honteux d'être obligés de m'avouer que leur sœur s'était noyée, ou qu'ils s'étaient aperçus soudain qu'elle n'existait pas, car la gardienne le leur avait dit. Le voisin de palier avait surenchéri, il leur avait jeté au visage qu'eux non plus n'étaient pas là, que la vie était réservée à une élite dont ils ne feraient jamais partie.

Le pire c'était la nuit, ils hurlaient dans toutes les pièces, les placards, et même à l'intérieur des boîtes de conserve qui éclataient, souillaient la cuisine, le salon, les moindres recoins de la chambre. J'enfonçais des boules dans mes oreilles, mais ils réussissaient à transpercer la cire, et ils tonitruaient jusqu'au centre de mon cerveau.

Je déménagerai, ils resteront sur place comme les esprits d'une maison hantée. Les nouveaux locataires les considéreront comme un vice caché. Ils traiteront l'appartement avec des gaz insecticides, ils poseront des pièges. Mais aussi bien ils les adopteront, avec eux ils se tiendront peut-être à carreau, ils deviendront silencieux, câlins.

Ces gens ne s'apercevront de rien, j'emporterai les gosses comme le reste. Ils me suivront avec les fauteuils, le lit, le canapé, et les pièces où nous avons vécu ensemble qui se reformeront autour de moi, blanches, avec les mêmes moulures, la même glace aux reflets rose bonbon achetée à un artiste contemporain dans son local délabré de la porte de Clignancourt.

Il finira par réapparaître quand j'aurai quitté cet endroit où nous avons trop vécu, que nous avons usé comme un matelas, sali comme un drap, et trop éclaboussé d'amour, de ressentiment, de soupirs. Je le retrouverai, il aura un peu changé, ses cheveux auront poussé, sa voix sera plus grave, il aura contracté un léger accent alsacien, ses yeux se seront éclaircis jusqu'à devenir gris, il aura des mains très fines qui paraîtront plus longues et lui conféreront un attrait supplémentaire.

Ce sera un autre, évidemment. Je m'y habituerai, je m'obligerai à lui trouver du charme. Quand nous ferons l'amour, j'aurai des orgasmes à répétition, et j'oublierai ce type avec qui j'avais tant joui, mais pas à ce point-là, pas au point de lui enfoncer mes ongles jusqu'à l'os. Son dos sera peinturluré de mercurochrome à longueur d'année, quand le médecin n'aura pas été obligé de le couturer pour réduire une plaie béante comme une blessure au couteau. Je ne limerai plus jamais mes ongles, il sentira bien que ma jouissance n'est pas feinte, que je l'aime, et qu'il doit me désirer comme si j'étais la seule femme de l'univers.

— Et si tu n'es pas d'accord, tu n'as qu'à foutre le camp.

Il partira, bien sûr. Celui-là aussi. Je le savais déjà. Il valait mieux qu'il ne croise pas mon chemin. Je l'aurais injurié, j'aurais ramassé une bouteille vide et la lui aurais cassée sur le crâne. Quitte à finir aux assises, et alors, quinze ans de prison, je leur riais au nez d'avance, comme aux jurés, aux gardiens, aux barreaux, à ce type que j'allais tuer avant même qu'il se permette de m'accoster, de m'inviter à boire un verre, à dîner, à coucher dans sa chambre décorée de bouddhas en bakélite peinte, à prendre le petit déjeuner sur le patio de son espèce de loft dont il était fier comme d'une bite supplémentaire.

Sa bite, une bite ridicule, au poil ras comme celui d'un rat, fine comme une queue de rat, et toujours humide, malsaine comme un museau de rat. Sa bite qu'il prenait pour un étendard lorsqu'elle se dressait dans le lit avec la vulgarité de ces gens qui croient distingué de mettre leur petit doigt en l'air en saisissant leur tasse de thé quand ils sont en visite chez une fausse duchesse à la peau fanée, flétrie, pourrie comme le parquet de leur boudoir fait de planches de cercueils exhumés après trois siècles de caveau.

Je le verrai venir de loin, il aura beau essayer de se fondre dans la foule, de se dissimuler derrière un kiosque, un abribus, de courir, de sauter dans un taxi, il ne m'échappera pas, et il pâtira de notre rencontre bien davantage que d'une rupture. Même s'il en sort vivant il regrettera de m'avoir connue, il se souviendra jusqu'à sa mort de ce mauvais quart d'heure, de cette humiliation au milieu des badauds attroupés.

Après, il ne sera plus qu'un pauvre mec, il lassera ses meilleurs amis avec ses jérémiades, et il perdra son travail quand les services techniques l'accuseront de détremper les circuits informatiques avec la vapeur de ses larmes qui les corrodera comme l'air salé des tempêtes d'équinoxe.

Je n'éprouve pas de haine envers lui. Je ne le connais pas. Il n'a qu'à s'exiler, mourir, garder la chambre. Il évitera le pire, et je me passe d'avoir à le lui infliger. Il n'est qu'un homme perdu dans la masse, avec son appareil génital en sautoir, et cette pitoyable inaptitude à éprouver des sentiments. Il porte un costume sombre, clair, bleu, vert, ou il est plutôt débraillé, presque malpropre avec son gros pull aux manches tachées et cette barbe poivre et sel qu'il rase une fois par semaine.

Nouveau riche dans un cabriolet sur lequel crachent les pauvres gens quand il s'aventure hors de son quartier, pitoyable gueux qui utilise depuis des années le même ticket oblitéré des centaines de fois pour truander la RATP. Je méprise surtout cet homme moyen, chef de groupe dans une entreprise de vente par correspondance qui harcèle ses prospects, les acculant à acheter une encyclopédie encombrante, obsolète, brune comme du sang sec, dont ils payent les tempéraments la rage au cœur.

Je le rencontrerai fatalement, il peut bien être qui il voudra, je déciderai que c'est lui, et il aura beau protester je demeurerai inflexible. Les reproches ne manqueront pas, il y a d'innombrables motifs. Sa façon de me prendre certains soirs à la hussarde et de me dédaigner parfois une semaine entière, le nettoyage de la maison qu'il abandonne à la femme de ménage alors qu'elle nous a quittés depuis près d'un an, sans compter ses dépenses de poche pour des verres bus sans moi dans des bars aux vitres fumées éclairés de jour comme de nuit par des loupiotes qui dispensent une lumière bleue.

— Tes dépenses de poche ?

— Tes coups de reins malencontreux ?

— Ton odeur de bière, tes cendriers ?

Il fera semblant de ne pas me connaître, il me tournera le dos. Je me planterai à nouveau en face de lui.

— Laissez-moi.

— Ce serait trop facile.

— Vous êtes vraiment folle.

— Vas-y, insulte-moi.

— Madame, je vous en prie.

— Ça t'excite de m'appeler Madame ?

— Pas du tout.

— Tu es pervers.

— J'ai un rendez-vous important à la banque.

— J'imagine que notre compte est encore à découvert ? Depuis combien de temps tu n'as pas donné leur argent de poche aux enfants ? Le loyer n'est pas payé, on va nous reprendre le break, pas de vacances cette année, ni l'année prochaine, pas de vacances à jamais. Je vais être obligée d'accepter un travail de nuit, avec une dépression à la clé, et une hospitalisation pour des électrochocs en guise de balnéothérapie. À ma sortie, la machine à laver prendra feu, et tu riras de me voir frotter le linge à pleines mains dans une bassine. Quand le téléviseur aura implosé, tu joueras la fille de l'air, et j'en serai réduite à relire sans fin les programmes comme ces clodos qui matent le ventre vide les menus des brasseries de la place de Clichy.

Je l'attraperai par le col de son manteau, il essaiera de me repousser.

— Ose me tuer, vas-y, puisque tu finiras par le faire de toute façon. Précipite-moi sous un camion, étrangle-moi. Crève-moi les yeux, au moins je ne te verrai plus. Crève mes tympans, que je n'entende plus tes paroles méprisantes, et même tes mots d'amour, rares, dégoûtants, montés de tes couilles comme autant de crachats de foutre.

Changeant de stratégie, il me parlera d'une voix douce, comme pour essayer de m'apprivoiser.

— Vous ne pouvez pas rester dans cet état.

— Tu crois que c'est drôle de te rencontrer pour la première fois et de savoir d'avance tout ce que tu me feras subir ?

— Nous ne nous sommes pas rencontrés, vous m'avez simplement pris pour un autre.

— Non, c'est bien toi. Pour une fois ne sois pas lâche, ne cherche pas à t'esquiver.

— Vous vous trompez, et puis je suis marié depuis le mois dernier.

— Pour toi, je suis tout juste digne d'une aventure extraconjugale. Mais tu vas commencer par m'aimer, je le sais, tu ne pourras plus te passer de moi, tu m'asserviras comme une chienne rabougrie choisie un jour de blues dans les locaux de la SPA. Ce sera déjà l'enfer, ta femme nous poursuivra, elle enfoncera la porte de la chambre d'hôtel où tu me sauteras, elle me mordra, tandis que tu continueras à me prendre comme un animal, et tu ne te soucieras pas plus de mes cris que des coups d'escarpin qu'elle te donnera pour essayer de te faire lâcher prise.

Elle demandera le divorce pour te faire peur, elle se ravisera pour ne pas te perdre. Tu m'imposeras la grossesse à trois reprises, je serai submergée par les tétées, les couches, les promenades dans un square spacieux comme un pot de bonsaï. Tu m'auras à ta botte, je serai à ta merci, j'attendrai tes visites à genoux, je t'attendrai comme le messie, espèce de sale Christ libidineux.

— Peu à peu, tu te feras rare comme un miracle, et tu n'apparaîtras plus que pour m'accabler de reproches. Quand je te supplierai de m'embrasser, tu me proposeras des torgnoles à la place, et tu me laisseras à chaque fois noire de coups.

Il profitera de l'attroupement qui se sera formé autour de nous pour détaler. Je demanderai à une femme de le rattraper, elle haussera les épaules. Je me retrouverai seule, plaquée, niée par cet homme qui n'aura même pas consenti à me reconnaître.

Mais la banque ne sera pas loin, une grande bâtisse malhonnête, hérissée de miroirs en quinconce. J'entrerai, je m'assoirai dans le hall sur un des fauteuils de cuir grenat. Une hôtesse me posera une question, je prendrai un catalogue et je ferai semblant de le lire. Je serai calme, souriante, et me croyant sourde et muette elle n'osera m'importuner davantage. Une heure plus tard, il sortira d'un ascenseur en grande conversation avec un obèse court sur pattes, à nœud papillon et petit nez luisant.

— Tu n'as pas honte de m'avoir abandonnée en pleine rue ?

Il partira à grandes enjambées, suivi de l'autre qui pour éviter de se laisser distancer courra derrière lui comme un pingouin. Abasourdie par sa désinvolture, je les regarderai quitter la banque et s'engouffrer à l'arrière d'une voiture dont un chauffeur leur ouvrira la portière. Je comprendrai que je ne le reverrai jamais plus.

J'irai de ce pas m'acheter un lit, des meubles bleu lavande, tout un ensemble d'appareils électroménagers de couleurs vives. À la caisse, ma carte de paiement refusera l'obstacle. On me proposera un crédit, et je retournerai chez moi chercher mes fiches de paye. Elles seront trop anciennes pour être prises en compte, je reprocherai au vendeur de m'avoir trompée avec toutes les filles du magasin, et même avec ses supérieurs de sexe mâle afin d'obtenir des primes, des avances, des jours de congé auxquels il n'avait aucun droit.

— Tu dépenses tout notre argent chez le coiffeur pour faire gonfler ta chevelure de petit chauve par de savants coups de peigne sous l'air chaud d'une soufflerie digne d'un maréchal-ferrant. Tu m'obliges à vivre de si peu, de rien, de dettes, de promesses de baisers toujours différés, d'absences, de soirées glacées, d'étés brûlants, dans ce logement sous les toits sans fenêtres, éclairé par une verrière obstinément close, mais en assez mauvais état pour que des gerbes de pluie me réveillent en sursaut les nuits d'orage. Pourtant je t'aime encore, toujours, plus que tout.

Il se tournera vers un client qui sera à la recherche d'une descente de lit. Je lui mettrai mon bras autour du cou.

— Rentre avec moi tout de suite, c'est la dernière chance que je t'accorde.

Il appellera la sécurité. Deux grands Noirs très doux me demanderont de quitter les lieux. Je ferai semblant de m'être trompée d'individu.

— Excusez-moi, je ne le vois presque jamais. À force, je ne me souviens plus du tout de son visage. Je vous avais pris pour lui.

— Pas grave.

Le vendeur se dirigera vers le lointain rayon des moquettes, il se confondra avec les tapis persans. Avant de me laisser partir, les Noirs me demanderont de vider mon sac. J'obéirai, puis je m'en irai sans leur dire au revoir.

J'attendrai de l'autre côté de l'avenue que le magasin ferme ses portes. Il finira par sortir, je le reconnaîtrai, à moins que je jette par erreur mon dévolu sur un autre. Je lui sourirai, j'immiscerai mes doigts entre les siens. Puis, je l'emmènerai chez moi comme une femme policier traîne un délinquant menotté au commissariat. Je le jetterai sur un siège, il boira trois whiskies sans protester.

Il croira à une aventure érotique impromptue, un fantasme enfin réalisé, mais il sera là pour expier sa conduite passée, future, et il ne pourra nier posséder un pénis, des bourses, ces pendentifs qui chez les humains font un homme, un amant possible, un plaqueur potentiel, ou une de ces sangsues qui refusent en pleurnichant de partir, invoquant l'amour, des liens imaginaires, comme s'il était le chat de la maison, ou une chevalière héritée d'un père vénéré. Je ne lui en voudrai pas d'être un mec, on n'en veut pas aux ciels gris, et seuls les imbéciles s'agenouillent devant chaque rayon de soleil.

— Mais j'exige des explications.

— On a peut-être mieux à faire ?

L'alcool l'aura rendu lascif, il se redressera pour me caresser.

— Tu voudrais faire l'amour ?

— Oui.

— Je suis lassée de ton corps depuis trop longtemps.

— Vous ne le connaissez pas.

— À la longue il finira de toute façon par m'indifférer, puis m'écœurer, parce que tu l'appliqueras sur le mien comme un emplâtre. Ta conversation m'exaspérera, toujours les mêmes histoires de carburateurs, de tension artérielle, de bricolage, tes rêves de ferme à rénover dans une région boueuse où les agriculteurs rendus neurasthéniques par le climat bradent leur bien pour ne pas devenir fous. Ton petit emploi, ta mère qui téléphonera chaque jour pour te reprocher tes dents de lapin. Ta peur du vide, de la guerre, de la vieillesse, des rides, d'une alimentation trop carnée, de la cuisine grasse de la cantine. Ta terreur devant la moindre ambulance, tes érections dans l'escalier quand tu croiseras la voisine du second, étudiante en économie politique, et mon amour pour toi dont tu riras quand je te le montrerai sous la couette comme un trésor. Car malgré tout je t'aimerai, je t'aimerai comme on souffre, comme on se sacrifie, mais mon amour t'incommodera comme une odeur de friture. Tu me diras sans cesse de le cramer dans le four, de l'enfermer dans un poudrier et d'aller l'enterrer au pied d'un arbre du Forum des Halles.

Il remettra son pardessus.

— Merci pour le whisky.

— Reste.

— Je dois rentrer.

— Je t'aime.

— On m'attend.

— Personne, tu entends, personne d'autre que moi ne t'aime, ne t'aimera, et si tu ne m'aimes pas c'est que tu es incapable d'aimer. Alors, aime-moi, ne te mets pas au ban de l'humanité, à l'extérieur de l'espèce, tu ne serais qu'un paria. On pardonne un jour aux voleurs, aux violeurs et aux assassins, mais pour ceux qui n'ont jamais aimé, il n'y aura jamais de miséricorde.

— C'est très vrai ce que vous dites.

Il se dirigera vers la porte, je lui barrerai le passage, jambes et bras écartés comme une croix de Saint-André.

— Si tu ne m'aimes pas, aime-moi quand même. Je suis ta seule chance d'exister. Tu pourrais posséder un harem, être roi d'un pays peuplé exclusivement de femmes à tes pieds, t'adorant, prêtes à mourir par régions entières pour exprimer leur chagrin à chacune de tes courbatures, chacune de tes insomnies, de tes digestions difficiles, à chacun de tes légers maux de tête vite dissipés par des ablutions d'eau froide. Tu pourrais obtenir le statut divin, la vie éternelle, le pouvoir de créer des mondes, d'engendrer des étoiles, tu aurais beau être tout depuis la nuit des temps, sans moi tu ne serais rien, qu'un trou sans parois ni fond où tu chuterais sans fin.

Son portable sonnera, il se réfugiera pour répondre dans un angle de la pièce. Je fondrai sur lui.

— Passe-la-moi.

Il raccrochera aussitôt.

— Vous êtes complètement cinglée.

— Il faut qu'elle sache, je refuse de vivre notre amour dans la clandestinité. Je vais la rappeler, lui dire de t'oublier, de brûler tes affaires ou de les donner. Nous en rachèterons d'autres dès demain, je veux que plus rien ne te rappelle ton passé, cette triste et pitoyable époque où tu vivais sans moi, où tu me cherchais sur n'importe quel visage, sur ces poitrines d'un soir, dans le creux de ces vulves d'une nuit, qui te laissaient au matin désorienté, perdu, avec cette impression bizarre, atroce, d'avoir en fait de bouche une cuvette débordante dont tous les cafés et les bières des comptoirs étaient autant de chasses impuissantes à te dégager, à te rendre le goût de toi-même, la saveur de ta salive, fade, à peine plus musquée que l'eau, cette salive qui désormais aura le goût de moi, et te rappellera à tout instant que j'existe, que je t'ai dilué, que tu n'es plus qu'une goutte perdue dans notre amour, une goutte écervelée, sans conscience ni mémoire.

Je le fixerai comme un serpent, le harponnant par la seule force de mon regard.

— Tu te passeras d'exister, je m'y habituerai moi aussi, nous n'aurons même plus besoin de nous aimer, nous en serons devenus incapables, notre amour existera à notre place comme les arrière-arrière-arrière-petits-enfants d'un couple depuis longtemps disparu. Je t'aime, mais c'est provisoire, à force d'enfler, notre amour deviendra autonome, il n'aura plus besoin de nous, il nous submergera, il nous interdira même de nous aimer, si mal, avec ces inévitables disputes, ces exaspérations mutuelles, cette lassitude du corps de l'autre, de son esprit, de ses mots au son plus exaspérant qu'une alarme, et cette rupture toujours espérée, crainte, différée, par lâcheté, par tendresse, par affection, par paresse.

— Je te demande simplement de faire comme moi le sacrifice de ta vie, d'aimer, d'appeler l'amour de toutes tes forces pour qu'il nous emporte, qu'il ne nous rende que morts dans un demi-siècle quand nos physiologies trop âgées tomberont en panne à l'unisson comme les cylindres de ces moteurs dont tu me parles à longueur de soirée, alors que je préférerais lire dans le silence un article sur l'île de Pâques pour me changer les idées après toute une journée de travail dans cette société d'assurances internationales qui m'engagera dans une vingtaine de mois après la démission inopinée d'un cadre trop ambitieux pour attendre ad vitam aeternam d'être promu au cénacle de la direction générale.

— Je sais très bien que tu es incapable d'aimer, et même de désirer un corps de femme avec le respect qu'on doit à un être adulé. Tes sentiments gisent au fond de toi, desséchés, il m'en faudra de l'affection, des larmes, il me faudra la patience des mères qui ramènent à la vie un enfant abandonné par la médecine, qu'on renvoie chez lui pour y mourir apaisé par la vue de ses jouets et par les rires de sa fratrie qui joue sans surveillance au salon, dans la cuisine, sur le balcon à la rambarde branlante, au risque de tomber du septième étage et de périr.

— Je trouverai ton cœur en cendres, mais je saurai inventer un moyen de le ressusciter. Tu deviendras un autre, tu mépriseras enfin le peu que tu étais avant notre rencontre. Tu ne seras plus jamais toi, pourtant le reste de ta vie sera trop court pour me rendre grâce de cette métamorphose, tu vivras courbé, presque plié en deux, reconnaissant, annihilé, bienheureux, rassuré en tout cas de n'être plus personne.

— Laissez-moi passer, ou j'appelle la police.

Je rirai au nez de ce petit sauteur de femmes.

— C'est moi qui vais appeler les flics. Je n'aime pas qu'on mente, qu'on refuse d'assumer ses pulsions.

Pris de panique, il me bousculera, et il parviendra à s'enfuir, emportant notre histoire, nos moments d'exaltation, et ceux où on n'éprouvait pas davantage de haine l'un pour l'autre qu'envers le poulet légèrement brûlé, un peu amer, que nous mangions quand même par flemme d'ouvrir le congélateur et de jeter au micro-ondes la première barquette venue.

Je pourrais aussi aborder une mère dans une boutique, accuser son bambin de m'avoir pourri la vie dix années durant avec sa façon d'être toujours sur la brèche pour écraser ses collègues, jusqu'au moment où il avait fondé cette boîte qui l'occupait quinze heures par jour, et dont il rêvait pendant son sommeil, allant jusqu'à me réveiller au milieu de la nuit pour me baiser en me débitant à l'oreille les variations de son chiffre d'affaires.

La femme pincerait les lèvres et s'en irait en poussant son môme qui tournerait la tête pour me tirer la langue. Je serais alors devenue complètement folle, et bonne à m'en prendre aux bancs et aux pylônes.

Je ne déménagerai pas. Je garderai les mêmes meubles. Damien est absent, je suis là. Puisqu'il ne m'aime plus, je ne l'aime pas. Puisque notre histoire est terminée, c'est qu'elle n'a jamais eu lieu. Elle est à ce point imaginaire, que je vais vous la raconter. Sans pleurer, sans frémir, sans colère, sans émotion. C'est une fable sans morale, sans bestiole, si l'on excepte l'amour, moustique fatigué, dégoûté par nos corps de les avoir piqués de sa trompe.

Je l'ai rencontré cinq ans plus tôt, le 17 septembre 1998, lors d'une pendaison de crémaillère avenue du Maine. Il m'a quittée le 15 octobre 2004. Dans l'intervalle, nous avons connu quelques disputes qui revenaient comme de courtes saisons des pluies, mais le reste du temps nous étions heureux. Notre bonheur n'était pas excessif, nous avions trop peur de briser la fine carapace protectrice de nos habitudes. Nous étions respectueux de chaque instant comme s'il était en verre, nous nous risquions dans le monde extérieur comme on s'aventure. Chaque journée de travail était pour nous une expédition dont nous revenions déboussolés, poussiéreux, prêts à plonger dans un bain et à faire une sieste malgré la nuit tombée.

Nous avions fui nos amis, notre famille ne nous voyait plus qu'une ou deux fois par an. Notre ligne téléphonique n'échangeait que nos voix, les gens avaient vite compris que nous prenions mal chacun de leur appel, que même leur bonsoir était une nuisance. Nous parlions, nous faisions l'amour, les courses, puisque nous étions ensemble il n'y avait aucune différence, les corvées valaient les plaisirs, et les vacances caniculaires dans notre deux-pièces sans volets nous semblaient merveilleuses comme un voyage en Orient.

Nous menions une vie trop intime pour l'exposer au-dehors. Les murs étaient un vêtement, nous restions à l'intérieur comme un corps qui refuse de s'exhiber. S'il nous arrivait de dîner au restaurant, nous cherchions une table à l'écart, à l'abri des regards, des conversations, nous étions en plongée, loin de la surface bruyante de la ville, et nous refusions de reprendre notre souffle. À la longue, nous avions réussi à nous passer de cet air que nos contemporains devaient aspirer pour survivre.

Nous rentrions en regardant les rues de loin, nous les apercevions comme sous des dizaines de mètres d'eau on aperçoit la surface, les vagues, les quilles des bateaux, les nageurs qui tombés

de l'un d'entre eux après un saut-de-l'ange, bar-
botent loin de la côte en imaginant le fond de la
mer, après une matinée passée à visionner des
documentaires sur les baleines, les requins, l'or
englouti des épaves. Rien n'était vraiment réel,
nous existions avec trop d'intensité pour ne pas
mettre en doute le monde entier.

Les gens étaient éloignés de nous dans l'espace et le temps, ils avaient vécu des siècles auparavant, et leur image persistait par un phénomène de rémanence. À moins qu'ils soient futurs,
probables mais pas certains, fantômes d'une
population impatiente de s'incarner un jour.

Nous étions seuls, dans une zone où nul ne
s'aventurait. Nous n'avions besoin de personne
pour exister, notre amour avait expulsé le reste
de l'espèce. Nous doutions même de l'image
qu'elle nous renvoyait, si nous avions rejoint la
surface nous n'aurions rien effleuré de tangible.
Quand parfois nous nous rapprochions d'assez
près pour l'entendre parler, nous ne compre-
nions pas son langage. On ne cherche pas à
interpréter les aboiements, les meuglements des
bêtes.

Au mieux les gens étaient des animaux, ils
encombraient les rues. Mus par leur instinct, ils
montaient dans des voitures, des bus, ils grim-

paient dans les immeubles après s'être abreuvés dans les bars, nourris aux mangeoires des brasseries, avoir rempli des sacs de vivres pour les picorer quand la faim les tenaillerait à nouveau, et qu'ils se mettraient à baver, montrant les dents, ouvrant le bec, comme des chacals, des oiseaux, ou se dandineraient sur le carrelage comme des vers aveugles, sourds, réduits aux fonctions digestives de leur organisme simplifié à l'extrême.

Ils auraient pu périr à la suite d'une épidémie ou d'un bombardement, leur disparition aurait juste modifié le décor de notre existence. Nous nous serions vite habitués aux entassements de corps, aux gravats, nous les aurions contournés, enjambés.

Pas même, les ruines n'auraient été qu'un lointain paysage, nous aurions continué à évoluer dans une région du temps épargnée. Ces débris nous auraient semblé la projection des vestiges d'une civilisation engloutie, et ramenés patiemment à la surface par des archéologues œuvrant à une époque si éloignée dans le futur que nous n'en serions jamais contemporains.

Bien sûr que non, la réalité se moquait de nous tout autant que l'amour. Nous formions un couple, les couples se débattent comme les solitaires, et ils luttent pour éviter de sombrer. Nous avions une vie sociale, nous fréquentions des amis, nos familles, nous évitions par tous les moyens de rester enfermés dans le cocon du concubinage. Nous croyions à notre amour de temps en temps, à nos moments perdus, et notre foi était dénuée de ferveur, percée de larges trous qui y laissaient pénétrer le doute, éblouissant comme un éclair.

Depuis le départ de Damien, il me semble que notre bonheur est devenu flou. Pourtant, nous l'avons photographié, filmé. Sur le papier, sur l'écran, nous éclatons de rire, nous sourions, nous nous embrassons. Nous sommes nets, réels, plus heureux sans doute que nous ne l'avons jamais été.

En moi tout est beaucoup plus pâle, nos visages se mélangent comme des couleurs délavées, notre passé coule comme une peinture trop fluide qui avant même d'avoir séché goutte hors de la toile. Je pourrais vous dire aussi que le souvenir du son de notre histoire n'est plus qu'un brouhaha où nos voix se castagnent pour mieux se disloquer, se perdre tout à fait jusqu'à devenir un fracas, une déflagration. Et l'odeur de ce temps je ne la sens plus, comment se souvenir d'une odeur, à moins de la respirer à nouveau.

Je me souviens de l'instant où je suis devenue seule. Alors notre histoire est peut-être réelle, autrement elle n'aurait pu avoir de fin. Le vendredi 15 octobre 2004, il s'est levé à six heures afin de prendre le premier vol pour Toulouse où il devait passer la journée au siège de la société qui l'employait. Le soir, il serait fatigué, nous dînerions à la maison d'une salade composée dont j'avais les ingrédients au réfrigérateur, puis nous irions nous coucher, et s'il se sentait trop stressé pour me faire l'amour c'est moi qui le lui ferais.

Il était question d'un départ pour le week-end de la Toussaint, mais nous ne savions pas où nous irions. À Noël nous ferions du ski, et sans doute rien si la neige n'était pas encore tombée.

Je m'étais levée avec lui. Il a bu son café. Il

m'a dit qu'il en avait assez de ces allers-retours hebdomadaires.

— Je n'arrive pas à allonger mes jambes, et j'ai horreur des trous d'air.

— Samedi, on pourrait aller courir au bois de Vincennes.

— J'ai promis à un copain de l'aider à changer les pneus de sa moto.

— Tu ne vas pas passer toute la journée avec lui ?

— C'est encore loin, samedi.

— Si j'ai le courage, aujourd'hui je vais repeindre la table de la cuisine.

Il est allé prendre sa douche, j'ai écouté la radio allongée sur le canapé du salon. La pièce manquait de tableaux, des œuvres abstraites dans les bleus, les verts, des tons froids qui nous rafraîchiraient l'été et nous apaiseraient le reste de l'année. Il nous faudrait aussi un grand vase en cristal pour y mettre des glaïeuls ou des tulipes. Pas de plantes, elles s'incrustent souvent des années avant de trépasser, et on les supporte car on n'ose pas les jeter aux ordures de crainte qu'elles continuent de pousser à la décharge en nous gardant rancune de les avoir abandonnées.

— Damien, il pleut.

Une averse soudaine, bruyante, dont chaque

goutte tintait sur le zinc du balcon. Il est sorti de la chambre habillé, rasé, dégageant le parfum du savon à l'huile de palme que j'avais acheté l'avant-veille.

— En plus, il pleut.

— Prends un parapluie.

— Il va m'encombrer.

— J'appelle ton taxi.

On m'a promis une voiture dans sept à huit minutes. Il a mis son imperméable, il a pris son porte-documents, il a vérifié que son billet d'avion était bien dans sa poche. Il m'a serrée dans ses bras sans que je le lui demande, malgré les épaisseurs de tissu il m'a même semblé qu'il bandait. Il m'a embrassée, il m'a dit au revoir.

— À ce soir.

Il a ouvert la porte. Je suis sortie en peignoir le regarder descendre l'escalier. J'ai appuyé sur le bouton de la minuterie afin de mieux le voir. Il a toujours eu une façon particulière de dévaler les marches, comme s'il se jetait tête la première dans le vide.

J'avais froid, je suis rentrée. J'ai entendu la porte de l'immeuble se refermer. J'ai éteint la radio, je me suis recouchée. La gardienne remuait les poubelles dans la cour, elle a crié en faisant tomber une bouteille qui a éclaté sur le sol. Je suis au chômage depuis dix-huit mois, j'avais bien le droit de faire la grasse matinée.

J'ai été réveillée par la sonnette. Je suis allée ouvrir, c'était François, le père de Damien, qui apportait un robinet neuf pour l'évier de la cuisine.

— J'aurais dû téléphoner.

— Non, pas du tout.

Il est entré.

— Je viens de l'acheter, je voulais le poser tout de suite.

— Je vous propose une tasse de café ?

— Non, je vous remercie.

Il m'a précédée dans la cuisine.

— Vous avez une clé à molette ?

— Pas vraiment.

Il a souri.

— Je m'en doutais.

Il en avait une dans sa poche revolver. Je ne l'avais pas remarquée, pourtant elle déformait sa veste et dépassait un peu du col. Il avait été ingénieur toute sa vie, et il semblait considérer la retraite comme un spectacle de cirque où il pouvait enfin accomplir sa vocation de clown. Il faisait des efforts pour obtenir des effets comiques, mais en pure perte, comme un vieil artiste raté, vêtu malgré tout avec élégance, grâce à de l'argent de famille ou une double vie d'escroc, de cambrioleur, de broker en chambre.

— Vous ne voulez pas que je coupe l'eau ?

— J'allais oublier.

Il riait, j'étais encore endormie et je me sentais d'humeur à le mettre à la porte avec son robinet et sa clé. Je me suis quand même pliée en deux pour fermer l'arrivée d'eau dissimulée derrière le lave-linge.

— C'est la première fois que je change un robinet.

Il avait sorti le robinet de l'emballage, il l'avait posé sur la paillasse de l'évier. Il prenait du recul comme pour le contempler, l'admirer, ou même l'adorer comme la statuette chromée d'une idole au long cou.

— Vous ne vous êtes jamais demandé qui avait inventé le robinet ?

Il prenait l'air pénétré des astronomes quand on leur parle de la découverte d'une nouvelle galaxie.

— Le robinet a sûrement précédé l'invention de la roue.

À présent il s'en rapprochait, l'effleurait du bout des doigts, prudemment, comme s'il en craignait la soudaine morsure.

— Sans robinet il n'y aurait pas de salle de bains moderne.

Il s'en est emparé, il l'a serré comme on serre la main de quelqu'un qui vient de vous sauver la vie.

— En tout cas, vous pouvez remercier l'inventeur du robinet.

Il plissait les yeux, il secouait la tête.

— Si le robinet n'existait pas, l'eau coulerait continuellement et vous habiteriez un étang.

Il a pris la clé, avec la molette il l'a adaptée à l'écrou du vieux robinet qui faisait un bruit de train à chaque fois qu'on l'utilisait, et dont le goutte-à-goutte nous rendait fous pendant la nuit.

— Vous garderez l'ancien robinet, et lorsque vous déménagerez, vous pourrez le remettre et récupérer le neuf.

— Non.

— Le moment venu, vous changerez peut-être d'avis.

Il plissait ses paupières, et comme pris d'une danse de Saint-Guy le reste de son visage était parcouru de vagues dégoulinantes de rides.

— Je l'emporterai, je l'entreposerai dans mon garage.

— Pas la peine.

— Au cas où.

Il gardait une main sur la clé, de l'autre il me montrait le nouveau robinet avec le sourire enjôleur d'un quincaillier qui aurait voulu me le vendre.

— Il est solide et beau, et c'est parce qu'il est solide qu'il est beau.

— C'est un robinet.

— Il est garanti à vie.

Je regrettais que Damien n'ait pas fait appel à un plombier, un type débordé, qui ne m'aurait même pas adressé la parole pour me saluer et me dire au revoir. Je regrettais qu'un robinet neuf n'ait pas poussé dans la nuit à la place du vieux, qui aurait sauté directement dans la poubelle comme une grenouille.

— Vous pourrez le garder jusqu'à votre mort. À votre dernière heure, il fonctionnera aussi bien et il brillera tout autant qu'aujourd'hui.

Il a lâché la clé, il s'est gratté le crâne.

— Et puis il vous survivra.

Cette idée semblait l'énamourer, il voyait ce robinet passer de main en main, traverser les siècles, les civilisations, tant qu'on verrait la nécessité de mélanger de l'eau chaude à de l'eau froide pour obtenir une coulée d'eau tiède. Alors que tant de robinets de mauvaise facture calancheraient d'ici là, ce pur-sang galoperait dans le temps, et même quand la planète serait déshydratée, et tout entière recouverte d'une terre sèche comme du vieux cuir, il demeurerait, étincelant, fier, avec sa manette aussi souple qu'au premier jour. Il se tiendrait prêt à fonctionner à la moindre averse, fidèle à sa fonction humble et grandiose de maître de l'eau.

— À votre âge, vous pouvez espérer vous en servir encore pendant cinquante, soixante, peut-être même soixante-dix ans.

— Enfin, c'est un robinet.

— Vous avez raison. D'ailleurs, c'est malsain de penser à la mort.

Il a quitté soudain la cuisine. J'ai cru qu'il était allé aux toilettes, mais il est revenu aussitôt.

— Vous cherchez quelque chose ?

— J'avais envie de me balader, elle est oppressante cette cuisine.

— Vous voulez aller faire un tour ?

— Besognons.

Il a exécuté un petit bond, une sorte d'entrechat. Il a repris la clé en main, grimaçant pour exprimer l'effort, la douleur de desserrer cet écrou aussi usé et rouillé que ce vieux robinet sans doute contemporain de l'immeuble, et posé par un ouvrier mort depuis longtemps octogénaire, ou trépassé à vingt ans, juste après avoir accompli ce travail, écrasé par la cage d'escalier encore en construction.

— Vous avez un marteau ?

— Oui.

Damien enfonçait souvent des clous dans les murs. Quand il était joyeux ou trop énervé pour trouver le sommeil, il changeait de place les rares cadres que nous possédions à n'importe quelle heure du jour et de la nuit. Le marteau était sur sa table de chevet, hier soir il avait décroché une petite horreur du couloir pour la pendre au-dessus de notre lit. Heureusement, une fois couchés on ne la voyait plus.

Pendant mon absence, François avait entassé deux chaises l'une sur l'autre, et il contemplait goguenard son installation ridicule. Il aurait sans doute voulu que je rie. À moins qu'il attende désespérément qu'on le bourre de coups de pied, qu'on l'asperge de rhum, qu'on le flambe. Il avait besoin d'expier, de souffrir, de disparaître soulagé, en victime injustement sacrifiée.

— Si je n'arrive pas à dévisser l'écrou, je serai obligé de scier le tuyau.

Il s'est remis à l'ouvrage, donnant des coups de marteau sur la clé en émettant à chaque fois une onomatopée. L'écrou a fini par céder, et il a

lâché un instant la clé pour sauter de joie, pa-
taud comme un ours dressé à danser au son
d'une trompette. J'ai dû m'écarter, de crainte
qu'il m'embrasse ou me cogne par inadvertance
avec la tête du marteau.

— Je l'ai eu, vous ne pouvez pas savoir à quel
point je suis heureux. L'échec me rend fou.

Il a achevé de desserrer l'écrou, il a arraché le
vieux robinet d'un coup sec comme s'il avait
voulu en épiler l'évier. Il l'a regardé en étirant
son bras, avec la moue de dégoût d'un labo-
rantin qui devrait évaluer la consistance d'une
selle.

— Il était vraiment vieux.

Il me l'a tendu.

— Je le prendrai en partant, mais fourrez-le
dans un sac en plastique.

— Je vous assure, c'est inutile.

— Je préfère.

Je l'ai posé sur la table. Cette histoire de robinet m'avait enlevé le peu d'envie que j'avais de la
repeindre. J'achèterais une grande toile cirée qui
la couvrira jusqu'aux pieds, ou je la mettrais sur
le trottoir et je la remplacerais par une autre en
aluminium.

— Vous verrez, vous vous sentirez mieux
quand j'aurai installé le neuf.

— Je me sens bien.

— Quand même.

Il s'est emparé du robinet neuf avec précaution, et l'a levé au-dessus de sa tête comme un calice. Il était seulement pitoyable, mais il s'espérait cocasse malgré tout.

— Je suis sûr que vous vous entendrez très bien avec lui.

Je n'ai pas pris la peine de lui dire que de toute façon je n'avais pas l'habitude de me disputer avec les robinets.

— Il y a des objets avec lesquels on fait bon ménage, et d'autres qui vous rendent la vie impossible. On a envie de leur tordre le cou.

Avec un peu d'imagination, j'aurais pu le prendre pour un robinet insupportable et l'égorger.

— Il est pimpant.

Il a baissé les bras doucement, faisant atterrir avec précision le robinet sur l'embouchure du tuyau comme un hélicoptère au sommet d'un pic. Puis, il l'a soulevé pour glisser un joint en caoutchouc noir, et il a commencé à le visser entre le pouce et l'index avant de s'emparer de la clé pour le serrer. Il avait écarté les jambes, fesses projetées en arrière. Il a respiré bruyamment comme s'il essayait de ralentir son rythme car-

diaque avant un saut en parachute. Il s'est arc-
bouté, il a émis une plainte, avant de donner un
dernier quart de tour de clé.

— Voilà.

Il a reculé de quelques pas afin de contempler
son œuvre. Ensuite, il est à nouveau sorti de la
cuisine. Il est revenu un instant plus tard, montrant du doigt le robinet avec l'air émerveillé des
randonneurs qui aperçoivent soudain un arc-
en-ciel entre deux montagnes.

— On le voit tout de suite en entrant, il
trône.

— Je vais remettre l'eau.

— J'espère qu'il va fonctionner.

Tout à coup il semblait inquiet, il se mordait
les lèvres.

— On pourrait attendre un peu.

— Pourquoi ?

— On ne sait jamais.

J'ai ouvert l'eau. Il a mis les mains devant ses
yeux, il a baissé la tête, cherchant à l'enfoncer
dans sa poitrine pour s'isoler tout à fait des
éventuelles atteintes de la réalité.

— N'ouvrez pas tout de suite le robinet.

Il parlait d'une voix suppliante de vieillard
grondé.

— Il est neuf.

— Justement, on ne peut pas savoir comment il réagira.

— Il ne va quand même pas exploser.

J'ai soulevé la manette. Après avoir expulsé quelques rots, comme c'était prévisible le robinet a donné de l'eau. Il fuyait malgré tout au niveau de l'écrou, mais il avait au moins le mérite d'être silencieux.

— Il a l'air de marcher.

— Vous ne pouvez pas savoir à quel point je suis soulagé.

— Je comprends.

— C'est le premier robinet que je pose depuis ma naissance.

— Je sais.

— Je dois être doué.

Il a osé l'utiliser, d'abord avec d'infinies précautions, puis avec une frénésie de crétin qu'on laisse jouer avec les robinets de crainte qu'il s'électrocute en s'attaquant aux prises de courant. Il ne se lassait pas de lever et d'abaisser la manette, et de la tourner pour obtenir de l'eau brûlante, tiède, puis à nouveau de l'eau froide dont il caressait le jet comme une verge.

— Ce robinet va vous changer la vie.

— Il fuit un peu.

— Avec le temps, le joint se dilatera.

Il a remis la clé à molette dans sa poche revolver. Il s'est éloigné à regret de l'évier.

— Vous n'avez pas emballé le vieux robinet ?

— Ne vous inquiétez pas, je vais le jeter.

— Vous le regretteriez, et moi il ne m'encombrera pas du tout.

J'ai cédé pour qu'il s'en aille plus vite.

— Maintenant, je prendrais bien le café que vous m'avez proposé tout à l'heure.

Il s'est assis sur le bord de la table, elle a vacillé sous son poids.

— Vous seriez mieux au salon.

— J'adore les cuisines, et puis au moins ici je peux le voir.

Il fixait le robinet presque avec envie, comme s'il regrettait de n'être pas à sa place vissé au-dessus de l'évier. Je m'en suis servi pour remplir la cafetière. Cette fois il m'a semblé d'un maniement très agréable, et je me suis dit que ce robinet était en train de me faire perdre la raison à moi aussi.

— Je sens que le café va être délicieux.

À présent, il dévisageait la cafetière.

— On dirait qu'elle aime faire du bon café. Les machines sont comme les gens, certaines détestent leur travail, et non seulement elles l'exécutent sans grâce, mais elles tombent en panne à tout bout de champ. Il y a par exemple des voitures de si mauvaise volonté qu'elles cassent leur moteur à la moindre accélération, ou alors elles passent la marche arrière tandis qu'on est à fond de train sur l'autoroute, quand elles ne refusent pas de freiner et d'ouvrir leurs portières lorsque l'inévitable s'est produit et que les sauveteurs tentent d'extraire les passagers du brasier dont les flammes illuminent le ravin où elle gît ratatinée comme une tomate trop cuite. Certains véhicules ont à ce point mauvais esprit qu'ils parviennent à contaminer les chaînes, les usines, rendant peu à peu la marque synonyme d'accident, d'hôpital, de funérarium, si bien que les clients deviennent rares.

Il a approché son oreille de la cafetière.

— Elle fait un bruit d'ouvrière attentive, zélée, on sent qu'elle ne s'accordera pas la moindre pause avant d'avoir achevé sa tâche. Elle aime le café, même si elle le prépare pour autrui, si elle n'en a jamais bu et n'en boira jamais, même si son salaire se réduit à quelques minutes d'électricité qui lui permettent certes de travailler, mais peut-être aussi d'exister. Elle est admirable avec son écoulement lent, fébrile, et pourtant régulier, précis, minutieux. Je suis sûr qu'elle est assez consciente pour se sentir fière, qu'elle a l'ouïe assez fine pour percevoir les remerciements mystérieux de l'eau, du marc, du café lui-même.

Il a levé les yeux au plafond. J'avais peur qu'il se mette à prier, ou qu'il suppose un ego au néon qui éclairait la pièce.

— Le café est prêt.

Il m'a regardée. Il a souri, étirant les commissures de ses lèvres jusqu'au milieu des joues.

— Je crois que vous ne prenez pas de sucre ?

— Aujourd'hui, trois sucres.

— Je n'ai plus de sucre.

— Je plaisantais, d'ailleurs les cafetières m'indiffèrent tout autant que les robinets.

Je l'ai servi. Il s'est emparé de la tasse avec des gestes saccadés. Il a tendu les lèvres, aspirant le café en émettant un bruit abject de baiser mouillé.

— À propos, Gisèle.

Il a quitté la cuisine. D'après le bruit de ses pas j'ai compris qu'il était allé au salon. Il est resté là-bas quelques secondes stationnaire, puis il est revenu à pas menus comme s'il jouait à mettre un pied devant l'autre avec la prudence d'un funambule. Il a fait une halte dans le couloir, son balancier avait dû lui échapper et il cherchait à retrouver tant bien que mal son équilibre. Il est réapparu tête basse, les yeux braqués sur le carrelage comme s'il cherchait à le déchiffrer.

— La camionnette est mal garée, j'avais peur que la fourrière l'ait embarquée.

— Vous avez acheté une camionnette ?

— Je l'ai louée.

— Vous voulez encore du café ?

— Volontiers.

Il a tiré une chaise jusqu'à l'évier. Il a posé sa tasse sur le rebord. Il s'est assis.

— Je suis désolé de vous tourner le dos, mais je suis tellement maladroit.

— La table ne craint rien, je crois même que je vais m'en débarrasser.

— J'ai horreur de tacher quand je suis en visite.

Cette fois il a bu son café cul sec. Puis il a balancé la tasse dans le bac en rejetant sa tête en arrière, et il a porté la main à sa bouche comme s'il venait d'avaler un verre d'acide.

— Je me suis ébouillanté.

— Vous avez bu trop vite.

— Je suis distrait.

— Vous devriez boire un peu d'eau froide.

— À propos, Gisèle.

Il s'est levé, il a repoussé la chaise. Il s'est tenu des deux mains à l'évier comme s'il redoutait une secousse sismique.

— À propos, vous l'avez toujours l'armoire en pin des Landes ?

— Elle est dans notre chambre, comme d'habitude.

— Vous pourrez m'aider à la descendre ?

— Pourquoi ?

— Je suis venu la récupérer.

Une armoire trop claire, presque blême, comme un géant malade. Les parents de Damien nous l'avaient offerte un an plus tôt et je commençais à peine à m'habituer à son teint.

— Toutes nos affaires sont dedans.

— Prenez votre temps, j'ai loué la camionnette pour la journée.

Il persistait à me tourner le dos. Il a soulevé et rabaissé la manette du robinet, essayant de l'autre main d'attraper le jet comme une mouche.

Il commençait à m'épuiser avec ce robinet, ses pitreries, et maintenant cette position ridicule qui me donnait envie de shooter ses fesses plates, sans doute molles, tristes, désespérées depuis sa naissance.

— Nous tenons à récupérer ce meuble.

— Je vous comprends.

Quand il verrait que son histoire d'enlèvement d'armoire n'était pas parvenue à me rendre hilare, il me dirait vouloir emporter la totalité des portes et des fenêtres pour les repeindre à ses moments perdus au fond de son garage.

— Vous mettrez les vêtements de Damien dans un carton.

— Bien sûr.

Je me suis dit que j'allais le prendre au mot. Il était sûrement venu en voiture, il serait aussi embarrassé de l'armoire que des frusques de Damien.

— J'emporte aussi son ordinateur, ses disques et ses livres de comptabilité.

Il a gigoté en tournant sur lui-même. Il s'est retrouvé finalement en face de moi. Il a enlevé ses lunettes. Maintenant il devait à peine me distinguer du frigo, s'il ne me confondait pas avec lui.

— Je préfère vous le dire les yeux dans les yeux.

Il clignait des paupières en les gardant longtemps fermées, comme pour me voir encore un peu moins.

— Damien vous quitte, sa décision est irrévocable.

Je l'observais, les paroles qu'il prononçait me paraissaient un simple bruit sans plus de signification que son discours sur le robinet ou la cafetière.

— Il aurait pu vous en parler lui-même, mais il avait peur de votre chagrin, de vos pleurs. Il craignait une crise de nerfs, il est déjà très angoissé par son travail, à son âge il ne peut pas se permettre la moindre erreur s'il veut grimper dans l'organigramme.

— C'est vrai.

Je lui donnais la réplique, surtout éviter de le contredire, afin que s'achève au plus tôt cette scène ridicule. Alors, il partirait avec le vieux robinet, et en descendant l'escalier il s'amuserait à le jeter en l'air et à le rattraper comme une balle.

— À son âge il doit bâtir sa vie, il ne peut plus se permettre de papillonner. Il faut, dans l'ordre, qu'il consolide sa situation, puis qu'il choisisse une épouse qui soit la mère de ses enfants. Il en veut trois, de préférence une fille et deux garçons.

— Il m'a toujours dit qu'il refusait de se reproduire, de laisser derrière lui quoi que ce soit de vivant.

— Vous étiez juste une amie, il redoutait un accident. De toute façon, dans ce cas il vous aurait poussée à avorter, et si vous aviez refusé il ne vous aurait pas épousée pour autant. Mais il aurait été contraint de reconnaître l'enfant, de vous verser une pension alimentaire, la loi ne lui aurait guère laissé le choix. Il aurait quand même vu parfois le gamin, pour constater son évolution, et lui prodiguer des conseils de père. Rien ne l'aurait obligé pourtant à lui donner son nom, il aurait porté le vôtre. De nos jours ce n'est pas vraiment un handicap.

Je me suis énervée, je lui ai crié que je l'aurais appelé Écrou ou Robinet.

— Ou Sophie. D'ailleurs les filles adorent toujours leur père, même s'il est absent et si elles ne le croisent qu'une fois par an entre deux portes, dans un hall d'immeuble, ou devant un distributeur de billets quand il leur donne un peu d'argent pour leur anniversaire. Damien est très généreux, il serait allé au-delà de ses devoirs, il l'aurait aimée comme une nièce, une filleule.

J'ai eu envie d'une ligne de cocaïne, d'une pipe d'opium, alors que je ne m'étais jamais droguée de ma vie. J'étais devenue quelqu'un d'autre, et ce type n'était pas précisément le père de Damien. Il n'avait même aucun rapport avec lui, il était seulement lié au robinet qu'il venait de poser. J'étais en présence d'un plombier amateur, un de ces retraités loufoques qui s'intéressent aux canalisations des autres en échange d'interminables conversations, d'un café, ou même du seul plaisir d'annoncer des catastrophes, de débiter des invraisemblances à une clientèle dont ils retirent pour tout salaire le plaisir de la moquer, de l'humilier, de la laisser en s'en retournant blessée et larmoyante comme une amoureuse qu'on vient d'abandonner.

— Damien aurait préféré que vous le quittiez. Il a longtemps espéré, mais il a fini par comprendre que vous attendiez la même chose de lui. Alors, il a aujourd'hui ce courage que vous n'auriez sans doute jamais eu. Cette rupture est son dernier cadeau, il vous la laisse avec la bague en vermeil qu'il vous a offerte pour votre fête, ainsi que tous les autres petits bijoux dont il vous couvrait à la moindre occasion, et je ne parle pas de l'alimentation, du loyer, de la carte bleue dont vous usiez à votre guise pour assouvir vos fantaisies bien au-delà des possibilités très limitées de l'allocation-chômage à laquelle vous avez droit encore jusqu'à la fin de l'année.

— Jusqu'à fin février.

— Il espère que vous retrouverez un emploi, il est soucieux de votre avenir. Il aimerait surtout que vous l'oubliiez vite, une femme de votre âge ne doit pas rester seule à se morfondre.

— Vous êtes venu pour poser un nouveau robinet, maintenant vous pouvez partir.

— Ne vous inquiétez pas pour la fuite, je vous assure que le joint se dilatera.

— Je dormais.

— Je suis désolé de vous avoir réveillée.

— J'aurais préféré continuer à dormir.

— J'avais envie de vous parler le plus tôt possible. Damien m'a fait part de sa décision hier en fin d'après-midi. Je n'ai pas pu fermer l'œil de la nuit. Maintenant que je vous ai tout dit, je me sens mieux, je suis délivré.

— Je m'étais habituée au bruit de ce robinet, je ne m'en rendais même plus compte.

— Damien aussi va pouvoir enfin respirer, il avait tellement peur de vous blesser.

— J'ai vraiment sommeil, je vais aller me recoucher.

— Avant, vous allez vider l'armoire. Et puis je pensais que vous m'aideriez à la descendre.

Je lui ai jeté le vieux robinet au visage. J'ai couru dans la chambre. Je me suis roulée dans la couette comme un cadavre dans un tapis.

Je ne pleurais pas. Je devais dormir, rêver. Malgré tout, je l'entendais se plaindre.

— Vous auriez pu me tuer, je saigne.

Un bruit de porte, celle de la salle de bains.

— Vous n'avez que ces pansements minuscules ?

Des va-et-vient, des lamentations, quelque chose de lancinant, de régulier, propice au sommeil. La mer, les pédalos, et un trois-mâts accroché à l'horizon comme une affiche. Un coup de soleil, les épaules et les bras comme de la viande grillée. Courir dans l'eau qui achève de me cuire comme un court-bouillon.

Une sorte de réveil en sursaut, mais les yeux clos, la conscience en retrait de crainte d'être mordue par la réalité. À nouveau le son de sa voix qui me reprochait ma lâcheté, puis mon inertie. Je reconnaissais le bruit de la grande valise arrachée d'un geste sec du dessus de l'armoire, puis ouverte sur le sol. Je me voyais à sa place, éventrée, coupée en deux, avec une longue charnière à la place de la colonne vertébrale et un intérieur vide avec par-ci par-là des organes plats pourvus de zips, de gros boutons-pression recouverts d'une buée de sang frais.

— Je pose vos robes et tous vos autres vêtements sur la moquette. Quand vous vous relèverez, faites attention de ne pas les piétiner.

Il devait arpenter la pièce, agripper des objets, ouvrir les tiroirs de la commode, fureter. Il s'approchait de la fenêtre, tergiversait. J'entendais le cliquetis des anneaux sur la tringle.

— Je vous laisse les rideaux de la chambre. Vous auriez pu quand même prendre le temps de coudre l'ourlet.

— J'ai décroché les stores du salon, je les emporte avec le guéridon en ébène, il me vient de ma grand-mère.

— Vous pouvez garder un de ses pulls. De toute façon l'oreiller restera imprégné de son odeur tant que vous ne changerez pas la taie. Vous aurez le temps de l'oublier petit à petit.

— Vous avez peut-être déjà un amant ?

— Damien m'a dit qu'il pensait à un de ses

amis pour le remplacer. Enfin, momentanément, tant que vous n'aurez pas retrouvé chaussure à votre pied.

— Je suis sûr que je vais avoir une cicatrice sur le front. Je languis d'avoir fini ce déménagement pour aller me faire radiographier.

— S'il savait ce que vous avez fait, Damien serait furieux. Mais je lui dirai que je me suis cogné en ouvrant la porte du garage.

— Je ne veux pas qu'il garde de vous l'image d'une harpie. Il vous a toujours trouvée plutôt gentille, et il avait beaucoup d'admiration pour la beauté de votre corps. Il nous en parlait parfois, sa mère le faisait taire. En ce qui me concerne, je trouve que vous avez un joli sourire. Vos dents sont petites, blanches, bien alignées.

— Vous ne me facilitez pas les choses. À votre place, Damien aurait fait preuve de fair-play. Il aurait aidé votre père à empaqueter vos vêtements, vos livres, et il aurait descendu avec lui les meubles que vous auriez tenu à emporter.

— Il est toujours souriant, Damien, même quand il a mal, quand il échoue, quand il s'est tordu la cheville. Avec sa mère nous l'avons toujours gâté, mais dès l'âge des premiers pas, s'il pleurait à la suite d'une chute ou d'un caprice, nous ne lui adressions plus la parole, nous ne l'embrassions plus, nous ne le caressions plus pendant des heures. Nous le mettions pour ainsi dire en quarantaine, nous voulions qu'il s'en-durcisse.

— Il en a gardé ce caractère métallique, il fait partie de ceux qui fuient l'émotion, le pathos. Il est pourtant capable d'amour, car c'est un senti-ment dont l'espèce humaine ne peut se passer. Il aime ses parents, il aimera sa femme, ses enfants, mais il ne s'attendrira jamais sur des vestiges mérovingiens qu'on rase pour cons-truire un hypermarché, ou sur un pigeon écrasé, un chat égaré sur un toit à la suite d'une inon-dation. Il garde sa tendresse, son amour, il en est économe, avare, il en est l'inviolable tirelire.

— S'il vous voyait, vous perdriez son estime. Il imaginait des larmes, quelques cris, mais il s'attendait à ce que vous vous ressaisissiez tout de suite. Vous auriez dû filer vous habiller, vous recoiffer, vous maquiller, et réapparaître avec un visage recomposé, pas joyeux, mais acceptable, un visage de tous les jours, un de ceux qui pas-sent inaperçus dans le métro, quand les gens courent sur les trottoirs roulants pour attraper leur correspondance.

— Vous n'aimez pas Damien, Gisèle.

— Vous auriez préféré qu'il reste avec vous, plutôt que de s'accomplir ?

— Il a besoin d'une femme qui le soutienne, l'épaule comme un fusil. À son âge il joue son destin, il ne peut se permettre aucun faux pas. S'il ne devient pas manager, à cinquante ans, on l'aura licencié depuis longtemps, et plus personne ne voudra l'engager. Nous serons morts à ce moment-là, il aura hérité, mais il aura eu vite fait de claquer les neuf dixièmes de notre patrimoine avec des filles et des amis louches. Il lui restera tout juste de quoi survivre trois ou quatre ans, à condition de se priver de loisirs et de rouler dans une vieille voiture déglinguée. S'il a des enfants, le reliquat de l'argent tiré de la succession aura fondu dans les six mois.

— Ce ne serait pas souhaitable que son épouse possède une grosse fortune personnelle, il se laisserait peut-être aller et il n'occuperait jamais un poste de décideur. En revanche, il vaudrait mieux qu'elle ait un métier en main, une profession libérale par exemple, elle pourrait être avocate, dermatologue, ou même simplement kinésithérapeute. Avec sa mère nous ne voulons pas d'une belle-fille au foyer, ils prendront une femme de ménage et des jeunes filles au pair.

— Vous avez vingt-neuf ans, il en aura trente et un l'année prochaine. Il lui faut une épouse de vingt-deux ans, vingt-trois au maximum, même si elle n'a pas encore terminé ses études. Une différence d'âge est nécessaire pour qu'un couple dure une cinquantaine d'années, ou même davantage, étant donné les progrès de la médecine et l'augmentation régulière de l'espérance de vie.

— Solange a sept ans de moins que moi. Je mourrai le premier, je ne sais pas encore de quoi car je ne suis pas cardiaque et je n'ai pas encore eu à lutter contre un cancer. Jusqu'à présent, j'ai simplement subi l'ablation de plusieurs polypes, ainsi que d'une tumeur bénigne dans la région de l'aine. Une fois veuve, elle se doutera bien que le prochain enterrement auquel elle assistera sera le sien. Après avoir fait si souvent partie du public, elle deviendra une star de cercueil, comme l'assistante d'un magicien enfermée dans une malle. La différence, c'est qu'il ne viendra à personne l'idée saugrenue de la couper en deux, et elle ne soulèvera pas le couvercle pour saluer à l'offertoire. Bref, elle sera morte, décédée, comme vous et moi quand ce sera notre tour.

— J'en ai trop dit. Évoquer la mort est non

seulement malsain, mais presque scatologique. Rien que le mot sonne comme une sorte de prélude à un interminable déballage intestinal. Que vous les incinériez ou les laissiez pourrir dans une tombe, une fosse, une poubelle, une crypte, une pyramide, tous les morts, même ceux qui de leur vivant nous étaient les plus proches, n'ont pas plus de rapport avec nous que nos excréments une fois expulsés.

— Je n'aurais pas dû en parler, c'est dégoûtant. Évoquons l'avenir, la jeunesse, la vie. Tout ce qui est vivant est jeune, vous ne vous en êtes pas encore aperçu ? On ne vit jamais assez longtemps pour devenir vieux. Quatre-vingt-dix-huit ans c'est toujours l'adolescence, avec ses puits noirs et ses moments de bonheur. Il faudrait atteindre l'âge de cinq ou dix siècles pour devenir mature, pondéré, ne plus sauter sans raison de la bonne humeur à la tristesse, de l'éblouissement au désespoir, et posséder assez d'expérience pour prodiguer un seul conseil valide à un enfant qui doute.

— Remarquez, même enfant, Damien n'a jamais douté. Il a toujours eu une intelligence bien conçue, lisse. Damien n'est pas un génie, et pour être franc, je crois même qu'il est moins doué que moi. Non seulement pour les études, mais pour l'abstraction d'une manière générale. Sa mère lui a donné ses yeux, son petit nez, et son cerveau aux performances moyennes. Comme on ne se reverra probablement jamais, je peux vous avouer que je l'ai longtemps haï quand je me suis rendu compte que j'avais engendré un être légèrement inférieur à moi. Je le haïssais, et je me méprisais. J'avais l'impression d'être une machine de mauvaise facture qui n'arrive pas à réaliser parfaitement toutes les opérations pour lesquelles son créateur l'a imaginée. Aujourd'hui encore, j'ai toujours ce fantasme d'une relation avec une femme de tête emballée dans un corps désirable, afin de procréer une autre fois, comme on tente à nouveau sa chance à la roulette après avoir tout perdu un jour de poisse.

— J'aime Damien, plus que sa mère, plus que moi-même, je vous l'assure. Ce n'est pas pour autant la preuve que je l'aime.

— Je n'arrive pas à comprendre comment vous pouvez encore l'aimer. Un garçon qui n'est même pas capable de rompre avec vous face à face, un pauvre con qui envoie son père faire la sale besogne avec un robinet neuf en guise de cadeau d'adieu.

— Vous l'aimez encore ? Moi je ne sais pas ce

qui me retient d'attendre son retour et de l'éclater à coups de clé à molette.

— Les serviettes de toilette sont à nous, sa mère les lui avait données quand il était parti de la maison. Du tissu-éponge blanc, sans dessin ni bordure de couleur, mais elles sont inusables, nous les avions achetées au début de notre mariage dans un petit magasin qui bradait tout avant de fermer boutique. Je me rappelle du chien gris vautré sur un fauteuil derrière la caisse, il avait l'air aussi vieux, aussi triste que sa patronne. Maintenant à la place il y a un théâtre de marionnettes, mais il n'y a même pas un jardin public dans le secteur, je me demande comment ils n'ont pas encore déposé leur bilan.

— C'est drôle, les souvenirs. Je suis certain que vous n'oublierez jamais mon coup de sonnette, ni ces imbécillités sur les robinets que j'inventais au fur et à mesure pour retarder l'instant de la rupture. Jusqu'à votre dernier souffle tous les mots que j'ai prononcés demeureront dans votre mémoire. Quelques-uns seront de votre cru, puisque je ne les aurais jamais dits. C'est peut-être ceux-là qui vous sembleront les plus vrais, les plus sonores, les plus odieux. Ils vous feront encore plus mal que les autres, ils vous coûteront plus de larmes, de colère, de haine.

— Damien était timide, je lui ai enseigné des procédés empruntés aux techniques de vente pour qu'il puisse séduire les filles. Quand il vous a connue, il avait déjà pris assez d'assurance, il n'a sans doute pas puisé dans cet attirail, même s'il a pu lui être utile pour conclure.

— Il m'a dit que le carton de son ordinateur était à la cave. Vous n'êtes pas du tout coopérative, je peux toujours chercher la clé du cadenas. Je me débrouillerai, je le ferai sauter. Par la même occasion, je raflerai les bouteilles de bordeaux que je lui avais offertes.

— À moins que vous les ayez bues. Vous receviez beaucoup. Je me demande si on vous rendait toujours les invitations.

Il y a eu le bruit de la porte d'entrée, puis le silence, puis encore le bruit de la porte, puis des pas, et à nouveau sa voix. Il ne se taisait jamais longtemps, j'avais l'impression qu'il parlait de plus en plus fort. Je pensais à une radio dont on monte peu à peu le volume pour couvrir des aboiements, des cris d'enfant, la plainte exaspérante d'un compagnon douillet en proie à une angine.

J'étais loin, j'entendais une retransmission, ou même un enregistrement, un vieux feuilleton aux bruitages sophistiqués dont on avait mis en hâte des épisodes bout à bout dans le plus grand désordre pour meubler l'antenne alors que les studios avaient été pris d'assaut par des factieux portant des masques de carnaval jaunes et blancs qui m'éblouissaient dans ma nuit comme des phares.

— Ne vous inquiétez pas, j'ai trouvé un tournevis. Je vais ouvrir l'ordinateur et démonter le disque dur. Je vous laisserai la carcasse, de toute façon ce matériel est déjà obsolète.

— Je ne reviendrai plus, je vous ai assez dérangée. Si j'ai oublié quelque chose, vous pourrez le garder. Ne nous le renvoyez pas par la poste, Damien a besoin de vous oublier, et un colis ressemble un peu à une lettre. Il pourrait reconnaître votre écriture, souffrir.

— Lui aussi souffrira, il n'aura aucun regret et pourtant il pensera à vous. Pendant longtemps vous serez un souvenir obsédant et pas du tout agréable.

— Je veux dire, douloureux. Sans le vouloir vous lui donnerez un coup de couteau dans le ventre à chaque fois que vous vous pointerez au beau milieu de sa conscience. Vous le poursuivrez, même quand il fera l'amour à une autre vous vous imposerez en maîtresse jalouse, en laissée-pour-compte offusquée. Vous vous vengerez pendant des mois avec toute la cruauté dont peut se montrer capable une femme bafouée, et dans dix ou vingt ans il vous verra encore certaines nuits assise au pied du lit où il dormira avec sa femme, comme un de ces spectres qui apparaissent à la veille des catastrophes et des guerres mondiales.

— Vous le hanterez, comme les remords qu'on éprouve de toute façon après un crime. Un crime nécessaire, indispensable, commis pour ainsi dire en état de légitime défense, mais une sorte de crime malgré tout.

— Non, justement, il n'y a pas légitime défense. Il est l'agresseur, il devra payer sa dette comme n'importe quel assassin. Ne vous inquiétez pas, le temps atténuera votre douleur, alors que la sienne sera toujours aussi vive à chaque fois que vous traverserez sa mémoire en riant, ou avec un visage endeuillé, yeux rouges, bouche amère, joues pâles, creusées, comme défoncées par d'incessantes larmes. Je ne sais pas si en définitive il souffrira plus que vous, mais sa peine durera davantage.

— En tout cas, votre cave a dû être cambriolée. Elle est vide. Mais pourquoi on aurait pris le carton de l'ordinateur ? Je me suis sûrement trompé de porte. Je prends le disque dur par acquit de conscience, si jamais Damien y avait laissé des données personnelles, même si ce n'est pas le genre à tenir un journal intime.

— Il ne vous a jamais trompée, j'en ai la certitude absolue. Il me l'aurait dit, et à vous aussi. Même enfant il était d'une grande franchise. Il était trop paresseux pour prendre la peine de mentir.

— Il ne se mettait au travail que par intérêt. J'avais transformé son bulletin de notes en véritable feuille de paye. Chaque point au-dessus de la moyenne lui valait de l'argent, autrement c'est lui qui m'en devait. En troisième, il avait traversé un trimestre si désastreux, que pour régler sa dette j'avais été contraint de vendre son scooter et un blouson de cuir auquel il tenait beaucoup. S'il l'avait fallu, j'aurais vendu toute sa garde-robe, son bureau, son lit, et j'aurais loué sa chambre à un étudiant démuni qui aurait dormi dans un sac de couchage et travaillé par terre sur un empilement de livres. Mais je n'en ai jamais été réduit à cette extrémité.

— Aujourd'hui, nous lui signons un chèque

à chaque fois qu'il fait un pas dans la bonne direction. Ce soir, nous l'indemniserons pour ce chagrin, dont vous ne serez bien sûr pas la cause, mais malgré tout l'objet. J'aurai beau être triste pour vous, je serai fier de ce fils méthodique qui aura appliqué sans état d'âme sa décision mûrement réfléchie.

— Je ne suis que son messager, il aurait pu envoyer à ma place un copain ou une amie. Il m'a choisi, car nous sommes devenus très complices. Il voit en moi un confident, une sorte d'alter ego. Nous sommes de la même famille, du même sang. D'ailleurs, un peu par jeu en ce qui me concerne, il y a sept ans nous avons fait effectuer des tests dans une clinique, car il s'imaginait avoir en réalité un autre père biologique. Il soupçonnait sa mère de m'avoir trompé à l'époque avec un de mes cousins coureur cycliste mort deux années après sa naissance dans un accident. Il est vrai que Damien ne me ressemble pas du tout physiquement, alors qu'il est presque le sosie de ce pauvre garçon mort écrabouillé un jour de brouillard tandis qu'il reconnaissait avec son entraîneur le parcours d'un critérium. Damien fantasmait beaucoup, il aurait tant aimé être le fils, même posthume, d'un champion. Enfin, il a dû se

rendre à l'évidence, et admettre qu'il était constitué pour moitié d'un des humbles spermatozoïdes du mari de sa mère, désormais ingénieur
à la retraite, honnête et terne comme une pièce
d'un centime d'euro.

— Quand nous sommes entrés dans le bureau du praticien qui devait nous donner les
résultats, je l'ai senti fébrile. Fébrile et agressif.
Si le type nous avait dit qu'un autre que moi
s'était envoyé sa mère le jour de sa conception,
il n'aurait pas attendu que nous soyons sortis de
la pièce pour me casser la gueule. Il m'aurait
étendu avec plaisir, comme on se venge d'une
saloperie, comme on venge son propre enfant
d'une blessure, d'un viol.

— En quittant la clinique, il avait l'air si
abattu que je l'ai emmené boire un coup. Il n'a
pas touché à son verre, il n'a pas dit un mot. Il
était incapable de conduire sa moto, je l'ai
embarqué dans ma voiture. Sur le périphérique,
il a éclaté en sanglots comme un gosse. Il vivait
seul en ce temps-là, j'ai eu peur qu'il se liquide
dans la nuit. Je l'ai emmené à la maison, ma
femme a cru qu'il avait eu un accident dont il
était sorti indemne par miracle, tant il était pâle
et tremblant.

— Le lendemain matin, je l'ai ramené devant

la clinique où il avait laissé sa moto. Il avait plu toute la nuit, la selle était trempée. Je l'ai aidé à la sécher avec un des morceaux de vieux drap dont je me sers pour nettoyer le pare-brise et les rétroviseurs. Ensuite, il a mis son casque, il l'a attaché, et il a baissé la visière. À travers le plexiglas un peu rayé je distinguais à peine ses yeux, et de toute façon il les gardait fermés. Soudain, il s'est mis à parler, alors qu'il n'avait rien dit depuis la veille. Il a d'abord évoqué un placement que je lui avais conseillé des semaines auparavant et dont je ne me souvenais plus. J'entendais mal ce qu'il disait, mais je distinguais quand même chacune de ses paroles. Puis il a tourné la clé de contact, il a fait démarrer le moteur, il m'a demandé pardon, et il est parti.

— Vous verrez, quand vous aurez des enfants. On leur pardonne tout. Par pur égoïsme. Autrement, on souffrirait trop.

— Sans cette armoire, je me demande où vous allez pouvoir pendre vos robes.

— Vous n'en avez pas beaucoup, et les pantalons vous pourrez les plier.

— Vous repassez très bien, les chemises de Damien sont impeccables. C'est rare de nos jours les femmes qui repassent, la mienne le fait parfois quand la femme de ménage est en vacances, mais elle est d'une autre génération.

— Vous êtes généreuse, et à part quelques défauts infimes comme votre front trop large, vous avez un excellent physique. Sur le plan intellectuel vous êtes peu ou prou du même tonneau que Damien, et vous aviez le mérite d'éviter de le contredire à chaque fois qu'il abordait en public un problème politique ou un sujet de société. Dans ces moments-là, il se sentait supérieur à vous, il avait l'impression qu'un génie philanthrope venait de lui injecter un million de neurones supplémentaires. Les hommes ne sont jamais assez flattés, pour garder le plus bête des maris une épouse intelligente doit faire tous ses efforts pour le persuader qu'il est l'inventeur de la fourchette dont il se sert pour porter à sa bouche la viande filandreuse qu'ils mâchent en tête à tête dans leur cuisine vétuste tant il est sot et incapable de générer un revenu abondant.

— Damien ne vous méritait pas. Si j'étais son frère au lieu d'être son vieux papa décrépit, je vous aurais choisie. D'autant que la place est libre à présent, rien ne nous empêcherait de nous aimer, de faire l'amour en tout cas, d'avoir une relation sexuelle immédiate pour vous consoler de l'avoir perdu.

— Ma dernière éjaculation remonte à huit mois, je l'ai notée sur mon agenda. Je ne suis pas un foudre de guerre, d'ailleurs je l'ai obtenue devant le téléviseur, par masturbation, avec l'aide de ma femme que ce genre de choses agace depuis son opération d'une hernie discale, et qui m'a prêté main-forte par pitié. Ce sont ses mots. Vous savez, dans un vieux couple on est souvent cruel, on n'est même plus poli.

— Je me sens bien avec vous. Même si vous êtes entortillée, et si je ne vous vois pas. Vous m'apaisez.

— Je suis un inquiet, j'ai toujours peur d'une intempérie, d'un malheur. Tout à l'heure je cachais mon jeu, mais j'étais sûr que je n'arriverais pas à remplacer votre robinet. J'imaginais déjà votre évier inutilisable, avec un bout de tuyau tout tordu auquel ne s'adapterait plus jamais rien, et qui laisserait échapper un geyser à chaque fois que vous ouvririez l'eau. Vous m'auriez mis à la porte. J'aurais attendu une petite heure dans la camionnette, mais j'aurais bien été obligé de remonter pour vous annoncer la décision de Damien. Si vous aviez refusé de m'ouvrir, je vous aurais téléphoné. Si vous m'aviez raccroché au nez, j'aurais fait appeler un de mes anciens collègues de travail dont la voix ne vous aurait rien dit. Ensuite, vous auriez eu beau me couvrir d'insultes, il aurait bien fallu que je m'occupe de l'armoire, de l'ordinateur, et de toutes ces affaires qu'il remplacera dès qu'il pourra, tant il ne voudra rien garder de tout ce qui aura été touché par vos mains, ou qui aura simplement partagé l'espace de votre vie commune, comme le fameux disque dur qui était pourtant bien à l'abri avant que je le déloge de sa cachette. Il craindra tous ces objets presque autant qu'une rencontre avec vous à la sortie d'un cinéma, ou dans l'ascenseur d'une administration qui se refermera sur lui comme un piège.

— Je suis en train de vivre grâce à vous un instant très particulier, étrange, mais heureux. J'ai l'impression de n'être nulle part, un peu comme si j'avais échoué en pleine nuit dans la cafétéria d'une station-service d'autoroute. Nous sommes comme deux solitaires installés à des tables différentes, et qui se tournent le dos. Je parle sans discontinuer, et vous m'écoutez malgré vous puisqu'il n'y a rien d'autre à entendre dans la salle déserte. Vous pourriez être n'importe qui, mais il se trouve que c'est vous.

— Vous comprenez, je sens que vous êtes là.

Je sais que depuis tout à l'heure vous me haïssez, puisque vous ne pouvez pas vous empêcher de me confondre avec la mauvaise nouvelle que je vous ai apportée. Vous me haïssez, mais vous m'écoutez.

— Vous espérez encore.

— Si je vous parlais à nouveau du robinet neuf, ou du vieux, ou de la conduite d'eau qui de proche en proche prend sa source dans le lac du Bourget, vous seriez toujours aussi affamée, aussi avide, et prête à avaler le plus petit, le plus insignifiant des mots qui sortirait de ma bouche, tant vous espéreriez qu'un indice y soit dissimulé, un message de rien du tout, ambigu, énigmatique, équivoque, mais qui puisse vous autoriser à passer du désespoir au doute. Juste douter suffisamment de cette rupture pour enfin trouver le courage de vous lever comme une femme digne de ce nom, et appeler Damien.

— Vous m'écoutez, même si vous ne croyez plus en rien. Vous ressemblez à une bigote qui persisterait à prier son Dieu après l'avoir vu se suicider sous ses yeux. Vous n'aimez déjà plus Damien, vous en êtes devenue agnostique quand je vous ai transmis son verdict, et maintenant vous en êtes complètement athée. À présent, vous êtes certaine que l'amour était une superstition, et Damien une statuette saint-sulpicienne de pacotille, dépourvue de la valeur marchande d'une icône médiévale, ou d'un beau crucifix arraché à l'autel d'une chapelle de montagne désertée par les fidèles depuis le début du siècle dernier.

— Vous êtes la seule personne qui m'ait jamais écouté avec un tel appétit. Les gens ne sont pas si attentifs, ils n'attendent pas de vos paroles qu'elles leur sauvent la vie. Ils sont vite lassés de vos confidences, pour y couper court on dirait même qu'ils attendent que vous passiez aux aveux, histoire de se débarrasser à l'instant de vous, en vous fourguant à la brigade criminelle.

— J'ai sûrement commis un crime au cours de mon existence, peut-être enfant ou au début de la puberté, durant cette période où on est comme enfumé, où tout semble disparaître dans le taillis des premiers poils. À cet âge, on oublie vite un pêcheur poussé dans l'eau glacée d'un lac, un camarade piqué au cœur avec le couteau de poche qu'il vous avait emprunté, ou un vieux paysan sur son vélo qu'une chiquenaude a suffi à précipiter dans un ravin. On croit à un accident, ou on accuse un rôdeur, on en trouve facilement un, et même plusieurs. Un crétin avec un bec-de-lièvre, un type au nez à moitié emporté par un rapace un jour où il dormait dans une clairière, ou un voleur de poules multirécidiviste. Les gendarmes en sont réduits à organiser un tirage au sort pour désigner le coupable.

— J'ai dû commettre un crime, mais je ne m'en souviens pas. À moins que je sois innocent, je ne le saurai jamais, puisque je ne me rappelle de rien. Mais auprès de vous je me sens à l'abri de la justice, des représailles, comme si j'étais venu ici pour abdiquer, pour parler à tort et à travers, puis me laisser mourir quand à force de me vider je serai sec comme un bouquet d'immortelles.

— Il va pourtant falloir que je m'en aille. Si vous refusez de m'aider, je balancerai les affaires de Damien par la fenêtre et je laisserai glisser l'armoire dans l'escalier comme sur un toboggan. Je lui dirai que la camionnette a été percutée par un poids lourd.

— De toute façon cette armoire est invendable, je n'aurai que la peine de la transporter à la décharge.

— On pourrait se revoir. J'aimerais vous parler encore. Mais si on se rencontrait régulièrement, il faudrait que je sois persuadé que chaque rendez-vous est le dernier. Autrement je n'oserais rien vous dire, rien qui me fasse plaisir à dire. Quand on y pense, on ne parle jamais à personne. On a trop peur des gens qui vous connaissent, et les autres on ne leur parle pas.

— J'ai vraiment besoin que vous m'aidiez à descendre ce fatras.

Il a crié.

— Levez-vous.

J'ai ouvert les yeux. J'étais par terre. Il m'a prise par les aisselles, il m'a redressée. Les portes de l'armoire étaient hors de leurs gonds, mes vêtements étaient entassés près de la fenêtre, la manche d'une chemise de Damien dépassait de la jointure de la grande valise, fermée, sanglée, prête à partir en voyage.

Je lui ai dit de remettre tout en ordre, je n'allais pas passer ma journée à ranger d'ici le retour de Damien.

— Ne faites pas l'idiote. Dépêchez-vous de vous habiller, vous n'allez pas descendre en peignoir dans la rue.

— J'ai encore sommeil.

— Il doit rester du café, et puis prenez une douche, et peignez-vous, on dirait que vous venez de vous envoyer en l'air.

Je me suis laissé pousser dans la salle de bains. Il s'est approché de la baignoire, il a ouvert l'eau froide.

— Allez.

J'ai enlevé mon peignoir, il me semblait que je n'avais pas le choix. Je me suis mise debout dans la baignoire.

— Si vous vous imaginez que je vous regarde.

Il m'a aspergée. Puis il m'a tendu le pommeau.

— Je ne vais tout de même pas vous laver comme un bébé.

Il m'a laissée seule. Je me suis savonnée, rincée, à l'eau glacée. Je ne réfléchissais pas, je ne pensais à rien. J'étais sous le choc d'un événement dont je n'avais aucun souvenir. En me séchant devant la glace je me suis rappelé peu à peu. J'avais peur de déranger Damien pendant une réunion, j'attendrais qu'il soit rentré pour lui annoncer que son père était devenu fou. J'ai enfilé un jeans et un tee-shirt pendus au-dessus du radiateur. Je suis retournée dans la chambre. Je lui ai demandé de remettre les portes de l'armoire en place.

— Si on ne l'allège pas au maximum, on va se casser la figure en la trimballant.

— Sortez.

— Aidez-moi, j'ai soixante et onze ans, je n'y arriverai pas tout seul.

Les portes de l'armoire étaient adossées contre le mur du couloir, il s'arc-boutait pour pousser la carcasse qui sautillait sur ses pieds en grinçant. Je lui donnais des coups de poing dans l'épaule.

— Vous me faites mal.

— Je veux que vous sortiez.

— Je dois récupérer cette armoire et les affaires de Damien. Vous ne vous imaginez quand même pas que je vais revenir demain faire un autre voyage, puis à nouveau un autre dans quinze jours. Puisque tout est terminé entre vous, il n'y a aucune raison pour que vous conserviez ces reliques.

Je l'ai giflé. Il a lâché l'armoire. Je l'ai senti prêt à me tabasser.

— Vous commencez à m'exaspérer.

Il a appelé Damien.

— C'est moi. Parle-lui, je n'en peux plus.

Il m'a appliqué son téléphone sur l'oreille.

— Ton père est devenu fou.

Je l'ai entendu respirer. J'ai cru qu'il allait parler. Il a raccroché.

— Damien ?

Son père a remis le téléphone dans sa poche.

— Si vous l'aviez appelé tout à l'heure, au lieu de somnoler.

— Foutez le camp.

— Le bail est à son nom, je pourrais vous faire expulser.

J'ai poussé un cri.

— Si vous vous calmiez, votre douleur deviendrait peut-être plus supportable.

J'ai crié à nouveau.

— Soyez gentille, je suis pressé. Solange est allée faire des courses au Bon Marché, si la camionnette n'est pas chargée à son retour, elle va m'agonir. De toute façon, avec ses problèmes de lombaires elle serait bien incapable de nous donner le moindre coup de main.

Il m'a tapoté le bras.

— Les filles de votre génération sont sportives, avec un peu de bonne volonté d'ici dix minutes tout sera dans la camionnette.

Je me suis laissée tomber sur le sol.

— Vous n'avez aucune dignité.

— Je suis déçu.

— Vous n'êtes pas serviable.

Il s'est remis à pousser l'armoire. Il a disparu avec elle dans le couloir. Puis il est revenu dans la chambre.

— J'ai besoin de vous. Seul, je n'y arriverai jamais.

— Je comprends que vous en vouliez à Damien, mais même si j'approuve sa décision je n'y suis vraiment pour rien.

— Bien sûr, il aurait pu attendre quelques mois. Il aurait pu essayer de vous annoncer la nouvelle de façon progressive, en vous faisant comprendre petit à petit qu'il vous aimait un peu moins. Mais vous lui auriez fait des scènes, vous lui auriez imposé vos larmes chaque soir, et le matin il aurait eu droit à vos yeux rouges comme deux reproches rubiconds.

Je le regardais. Je préférais le voir plutôt que de me boucler dans mon obscurité intérieure. Je préférais l'entendre, je n'aimais pas ce silence en moi. Je me suis relevée, je ne pouvais plus m'opposer à la réalité.

— Mettez des chaussures, et peignez-vous.

J'ai enfilé des sandales d'été qu'il avait jetées par terre avec le reste quand il avait vidé l'armoire. J'allais retourner dans la salle de bains, il m'a retenue.

— Je suis vraiment trop pressé, passez-vous simplement la main dans les cheveux.

J'ai obéi. Il a regardé sa montre.

— Nous allons d'abord descendre le corps de

l'armoire, puis les étagères, et en dernier lieu les affaires de Damien. Dans un quart d'heure vous aurez eu le temps de remonter vous coucher, je serai au volant de la camionnette, et j'apercevrai Solange dans le rétroviseur rentrant bredouille du Bon Marché où elle n'aura rien trouvé de ce qu'elle cherchait.

Je l'ai suivi dans le couloir. Il a ouvert la porte d'entrée.

— On va d'abord la pousser jusqu'à l'escalier.

L'armoire cahotait.

Sur le palier une voisine qui revenait de faire ses courses avec son grand fils attardé, au regard pervers, m'a demandé si je déménageais. Je ne lui ai pas répondu.

Nous sommes arrivés devant l'escalier.

— Prenez-la par les pieds, moi je la prendrai par le haut.

Elle était lourde, grâce à son poids je ne pensais plus à rien.

— On va faire une pause.

J'ai continué à descendre.

— Je vous en prie, j'ai une douleur dans la région du cœur.

Quand nous sommes arrivés au rez-de-chaussée, il a appuyé son front sur la rampe et il a serré sa cage thoracique à deux mains.

— Je n'ai encore jamais eu d'arrêt cardiaque, mais à mon âge je fais partie de la population à risque.

— Crever pour une armoire, ce serait ridicule.

— Damien se sentirait coupable toute sa vie. J'ai poussé l'armoire toute seule.

— Doucement, elle va se fendre.

Il est venu à la rescousse. Nous sommes arrivés sur le trottoir. Un avis d'enlèvement était collé sur une des vitres de la camionnette.

— Il faut se dépêcher avant l'arrivée de la fourrière.

J'avais assez d'énergie pour soulever à moitié l'armoire, puis l'enfourner à l'intérieur cahin-caha.

— Vous l'avez abîmée, déjà qu'elle n'était pas très belle.

— Vous avez fait de cette armoire un exutoire, si vous aviez pu, vous lui auriez tiré une balle dans la tête.

Je suis remontée en courant. Il était essoufflé, il m'a suivie de loin. J'ai pris les étagères à bras-le-corps, je les ai descendues. Il s'était arrêté au milieu de l'escalier, épongeant avec des mouchoirs en papier son front qui avait recommencé à saigner.

— Solange va avoir des doutes, elle me fera parler. Elle montera sûrement vous demander des comptes. La douleur d'une rupture ne justifie pas une pareille violence.

J'ai fait plusieurs voyages, descendant la valise, et les vêtements en vrac dans des sacs-poubelle. J'allais m'enfermer chez moi, mais il s'est précipité pendant que je poussais la porte.

— Le disque dur.

Il est rentré, il l'a emmailloté dans un torchon.

— Je vous laisse le vieux robinet, si vous voulez récupérer le neuf à votre départ vous n'aurez qu'à demander à votre père, ou faire appel à un plombier.

Il m'a souri. Il m'a effleuré la joue du bout des doigts.

— Ne vous inquiétez pas.

Il m'a embrassée du bout des lèvres sur le front.

— Vous continuerez à vivre.

Il a fait demi-tour, il a ouvert la porte et l'a claquée derrière lui. J'ai tiré le verrou. Je me suis recouchée.

Je me suis endormie.

Je me suis réveillée. Il faisait nuit. Il était vingt heures. J'ai bu une tasse de café froid. J'ai vidé la chambre de mes affaires, je les ai entassées n'importe comment dans le placard du couloir au milieu des piles d'assiettes et de vieux papiers. J'ai fait le lit, j'ai passé l'aspirateur. J'ai jeté l'ancien robinet à la poubelle. J'ai préparé une grande salade avec ce que j'avais dans le frigo. J'ai mis la table en regrettant d'avoir perdu mon temps ce jour-là, et de ne l'avoir ni peinte ni remplacée. J'ai ouvert une bouteille de vin, je m'en suis versé un verre. Assise au salon, j'ai attendu Damien.

Je regardais n'importe quel programme, je voyais des guerres, des jeux, des catastrophes, des séries ponctuées de rires enregistrés sans doute des décennies plus tôt par un public dont une partie avait dû mourir depuis. À vingt et une heures la bouteille de vin était vide, j'ai éclusé un fond de tequila.

Je n'étais pas inquiète, mais je l'ai appelé pour lui demander à quelle heure il comptait enfin rentrer. Son numéro n'était plus attribué, il avait peut-être donné sa démission et rendu son portable dans la foulée. Quand il arriverait, je lui en voudrais trop d'avoir passé la soirée sans moi pour l'écouter rêvasser sur les modifications qu'il comptait désormais apporter à son plan de carrière. Je dormirais en chien de fusil, lui tournant le dos, lèvres serrées, fesses crispées, claquemurée comme une ferme isolée dans la nuit.

Le lendemain, il s'excusera plus ou moins. En tout cas, le soir nous irons dîner dans un nouveau restaurant du côté de la place des Fêtes où il me parlera de moi à plusieurs reprises, et je me sentirai délicieusement exister.

J'ai somnolé longtemps sur le canapé du salon. Quand j'ai rouvert les yeux, la rumeur de la ville ne me parvenait plus qu'à peine, et il n'y avait aucun bruit dans la rue. Je me suis demandé si en rentrant de l'aéroport Damien n'était pas venu prendre sa moto. Il avait peut-être eu un accident, et de peur de m'affoler il avait fait prévenir ses parents à ma place.

Je les ai appelés. Sa mère a décroché. Elle m'a dit qu'elle était contente de pouvoir enfin me dire que je n'avais aucune éducation. Non seulement elle me reprochait d'appeler à trois heures du matin, mais elle m'en voulait aussi d'avoir amoché son mari et écorché l'armoire.

— Damien a eu raison de vous débarquer.

— Vous êtes un petit animal, vous lui avez tenu compagnie quelque temps. Mais on ne fait pas sa vie avec un perroquet ou une guenon.

— Damien est ici en transit, il dort, et je ne le réveillerai pour rien au monde.

— Il n'a mangé qu'une gaufrette, il était si bouleversé qu'il est monté se coucher en titubant.

— Oubliez-le. Faites comme s'il était mort depuis des années, et que vous en ayez à peine entendu parler de façon anecdotique par une belle-sœur ou une tante.

— Aimez-le si vous voulez, mais en secret. Vouez-lui un culte clandestin comme à un dieu proscrit. Il le mérite, vous avez une dette envers lui, n'oubliez jamais tout le bonheur qu'il vous a donné.

— Si vous avez un enfant un jour, nous vous

autorisons à l'appeler Damien. Si vous savez choisir son père, il lui ressemblera peut-être.

— Et puis, cessez d'être obnubilée par l'amour. Vous êtes sans emploi depuis trop longtemps, un travail vous changerait les idées et vous rendrait votre dignité.

— Damien vous a connue attachée commerciale, en tailleur du lundi au vendredi, pleine de projets, d'ambitions. Il avait du respect pour le rôle social que vous interprétiez.

— Les hommes n'aiment pas les chômeuses. Ils les craignent comme des organes contaminés, l'échec est plus contagieux que la réussite.

— Profitez de votre temps libre pour devenir bénévole dans une organisation humanitaire. On finira peut-être par vous engager, et vous ferez la connaissance d'un bel infirmier ou d'un médecin disgracieux mais fantasque qui vous épousera au fin fond de l'Afrique.

— Nous aimerions que vous disparaissiez. Partez, volatilisez-vous, habitez désormais un pays étranger sans monuments, sans curiosités, au climat épouvantable, où nous pourrons avoir la certitude absolue que Damien ne partira jamais en vacances.

— Surtout évitez de vous suicider, Damien n'aime pas la mort, vous le savez. Il serait impressionné, et aussi bien votre mère viendrait lui faire des reproches qui le tarauderaient durant plusieurs semaines.

— De toute manière, vous feriez une simple tentative pour nous peiner. Gardez-vous-en, car je suis obligée de vous dire que nous n'avons que mépris pour ceux qui gâchent la vie, cette denrée si précieuse dont tout le monde finit par manquer de façon si cruelle au dernier moment.

— Je sais que vous nous avez toujours méprisés, vous trouvez notre existence médiocre, mais nous nous en contentons et la préférons à pas d'existence du tout.

— Nous nous aimons peu, mais nous nous aimons un peu. Alors, nous ne sommes pas tout seuls, et nous sommes presque heureux.

— Vous demandez trop, vous n'aurez rien. Vous avez voulu Damien, il a fondu entre vos mains.

— Jetez votre dévolu sur le fils d'une autre, et dans quelques mois vous réveillerez ivre morte d'autres parents que nous.

— Mettez au monde des mioches de père inconnu, des bambins menus, ventrus, biscornus. Ils vous serviront de monnaie d'échange, de vêtements de rechange.

— Le mépris que j'éprouve envers vous pèse

sur ma raison, elle éclate comme une mouche sous le maillet d'une vieille gâteuse qui a la phobie des insectes.

— La prochaine fois appelez nos voisins Duperrier, ils sont insomniaques, ils s'ennuient à longueur de nuit, et même de journée. Les renseignements vous donneront leur numéro, ils aiment trop le divertissement que leur procurent démarcheurs et mauvais plaisants pour être sur la liste rouge.

— Le harcèlement nocturne est un grave délit. Raccrochez.

— Raccrochez, c'est vous qui avez appelé, je suis trop bien élevée pour vous devancer comme une poissarde.

— Les Duperrier ont un fils, la cinquantaine, célibataire, puceau peut-être, ils vous écouteront divaguer, vous offriront des boucles d'oreilles, des bagages siglés, dans l'espoir de vous le fourguer.

— Présentez-nous vos excuses, vous nous avez réveillés. Présentez-vous demain matin au commissariat pour porter plainte contre vous afin qu'une procédure soit entamée pour cette histoire de robinet. Mon mari vous enverra un certificat médical constatant les blessures que vous lui avez infligées. Nous prendrons un avocat retors pour vous aider par tous les moyens à être condamnée. Votre peine accomplie, les services sociaux auront à cœur de vous réinsérer dans cette société où vous pourrez aller tête haute après avoir payé chèrement votre dette. Vous serez enfin heureuse, vous nous remercierez d'une boîte de chocolats et d'un petit mot qui nous émouvra.

— Le fils Duperrier vous aura rendu visite, inondée de lettres, de colis, vous l'aurez épousé derrière les barreaux, et pour vous montrer notre peu de rancune nous vous aurons servi de témoins. Alors, je vous en prie, au nom de ce bonheur dont en rompant Damien aura été la cause, raccrochez.

— Raccrochez, le fils Duperrier finira par perdre son aspect rébarbatif, on mettra sa laideur et la nullité de son intellect sur le compte de la sénilité qui galope en chacun de nous dès l'origine, et finit toujours par nous rattraper si un accident ou une maladie ne viennent pas avant terme mettre le holà.

— Encore un mot, avant que vous raccrochiez. Oubliez les Duperrier, nous n'en avons jamais entendu parler.

— Ne raccrochez pas, je vous en prie. Je tiens à vous dire que nous n'entamerons pas de poursuites contre vous. Nous vous devons même des excuses, jamais mon mari n'aurait dû se charger de vous transmettre la décision de Damien. Il manque de sensibilité, de tact, c'est un fruste, nous aurions dû envoyer à sa place une actrice, un huissier, ou même un rébus que vous auriez éclairci calmement, vous habituant peu à peu dans un contexte ludique à votre nouveau statut de répudiée.

— Je vous en supplie, ne raccrochez pas. Vous me prenez pour une folle, et vous avez raison. Je suis sa mère. J'ai perdu la raison en perdant les eaux.

— Damien ou un autre, si j'avais eu un autre enfant que lui, je l'aurais aimé de la même façon. Donc je ne l'ai pas vraiment aimé, donc je ne l'ai pas aimé. Je ne suis qu'une mère, ces femmes-là s'amourachent de tout ce qui sort de leur vulve, de leur vagin, de leur chatte, comme disent les hommes qui ne la respectent pas davantage que notre bouche dont ils font à l'occasion le même usage.

— J'aurais mis au monde une pervenche, j'aurais tenté de l'allaiter, et je l'aurais pleurée des années quand elle aurait fané. J'aurais aimé une météorite pourvu qu'elle ait braillé, pourvu qu'elle m'ait souri.

95

— Damien, vous l'avez choisi, vous l'avez aimé. Comment je vous aurais pardonné, moi qui l'ai eu par hasard dans mon ventre, qui ne l'ai jamais rencontré, qui l'ai élevé en me trompant chaque jour, en le voyant grandir peu à peu comme une charmante bourgade du jour au lendemain hérissée d'usines, ceinturée de boulevards embouteillés, avec un sous-sol labyrinthique où une mère n'a pas accès, où l'étranger s'égare. Ce fils devenu foule, foule impossible à fendre. Tous ces gens qui courent, fuient vos questions, et ceux qui sont avachis, noyés dans leur brume, recroquevillés autour de leur tempête, de leur île déserte où ils échouent à chaque instant, s'écrasant sur les rochers, les récifs, ou contre des digues fortifiées, imprenables, comme celles de l'époque des corsaires, des flibustiers, des pirates.

— Vous le connaissez, vous faisiez l'amour avec lui. Je ne le désire pas, mais l'étreinte rapproche. Il était si près de vous, il séjournait dans vos entrailles comme un intime.

— Vous l'avez visité de la cave au grenier, moi il ne m'a même pas laissée entrer dans le vestibule.

— Vous le connaissez, et c'est moi qui l'ai fait. Admettez qu'il est injuste que nous ne soyons pas la même femme.

— Il a rompu avec vous, mais c'est un événement célibataire qui ne se reproduira jamais plus. Alors qu'il rompt avec moi depuis sa naissance, sans un mot, sans une lettre, sans charger quiconque de me le faire savoir. Il rompt en catimini, sournois comme une souris qui se faufile dans son trou après avoir entamé un fromage.

— Votre souffrance, je l'endure avec les intérêts prohibitifs que font payer les enfants à leur mère. Les garçons naissent usuriers, impitoyables, griffus. Les filles ne valent pas mieux avec leurs sourires aux dents recourbées comme des pieds-de-biche. Les enfants naissent facture en main, et vous pouvez toujours payer, les intérêts galopent loin devant vous comme un troupeau de chevaux sauvages.

— Vous souffrez, pauvre idiote, c'est juste une caresse. Vos larmes ont un goût de pain au chocolat, bientôt vous les regretterez comme les chutes de vélo de votre enfance.

— Un chagrin d'amour, c'est une histoire d'amour qui n'a jamais renoncé à l'amour. Vous auriez préféré nous ressembler, écluser ces trente années de tendresse refroidie, vivre comme nous dans la honte d'avoir partagé la même vie comme un lit épuisé, répugnant, dont même une déchetterie ne voudrait pas.

— Vous nous enviez, vous enviez toutes ces histoires d'amour qui ont capoté depuis long-temps et qui continuent à abriter malgré tout les couples qui les ont sécrétées. Coquilles dé-sormais sans nacre, usées, percées, rafistolées avec des morceaux de carton humide, de tôle ondulée, où ils mijotent sous le soleil après que la nuit les a congelés comme une paire de mol-lusques.

— Tout le bonheur sera pour vous. Apprenez à aimer ces larmes, Damien vous les offre, elles sont encore lui.

— Vous auriez préféré un autre cadeau, mais les bijoux se volent, et les chatons des bagues de fiançailles sont des mares remplies de crapauds. Ces larmes, jouissez-en comme d'un orgasme, et sentez à quel point la douleur exacerbe cette impression d'être en vie qui vous distingue des morts, et des gens comme nous, populace pen-due par paires molles au-dessus du néant, sia-mois reliés par des coïts aussi puissants que des chatouilles, par des comptes joints, des emprunts, des spéculations mobilières, immobilières, des mycoses partagées, des adultères, des mensonges mutuels. Tendre abjection, odeur de sexes desséchés qui flotte dès le matin au-dessus des tar-tines et du café au lait, et puis ce représentant qui sonne à votre porte pour vous vendre des obsèques à prix sacrifiés, vous ne paierez qu'une bière, on vous offrira l'autre, notre entreprise entend favoriser les amoureux.

— Vous ne répondez pas, vous ne dites plus rien. Vous vous taisez, on vous a toujours dit que la douleur était muette. Non, la douleur jacasse, écoutez le bavardage incessant des suppliciés, de guerre lasse leurs bourreaux sont obligés de les bâillonner.

— Vous les croyez plus heureux ces vieux mariés qui passent leurs soirées face à face dans le brouhaha de leur vocabulaire qu'ils s'infligent comme des caresses écœurantes, comme des coups de matraque qui les laissent à chaque fois groggy, et pourtant encore suintants de mots quand ils se traînent une dernière fois vers les toilettes, puis jusqu'à la brosse à dents et la couche où ils sombrent comme des planches pourries en émettant du langage qui éclate dans la chambre comme des bulles de méthane.

— La solitude ne vaut pas plus cher, mais n'allez pas imaginer que je pense le moindre mal de la vie. Au contraire, je l'adore, je la révère, je la savoure avec gourmandise, je m'en empiffre parfois jusqu'à m'en indigérer, sans aller toutefois jusqu'à la vomir, ce genre de blasphème ferait de moi une impie bonne à mourir sur l'heure. Tout est exquis dans l'existence, et tout est bon dans le porc, mais vous ne me ferez jamais prendre un cochon pour un aigle royal.

— Damien, mais Damien n'existe pas davantage que n'importe qui. Si le soir de sa conception le feu avait pris dans la cave de l'immeuble où nous habitions à cette époque-là, les pompiers auraient sonné à tous les étages pour donner l'ordre d'évacuer les lieux. À trois heures du matin nous serions remontés épuisés, frigorifiés d'avoir grelotté dans la rue, et nous nous serions endormis sans penser davantage à le concevoir qu'à lessiver les murs de notre couloir. Nous aurions eu le surlendemain un rapport infécond, et à la place de Damien trente-deux jours plus tard un fœtus aurait fait enfin son apparition dans mon ventre. À sa naissance, nous l'aurions appelé Damien comme si de rien n'était, et vous l'auriez aimé sans soupçonner en aucune manière la supercherie. Nous l'aurions appelé Denis, vous l'auriez aimé quand même, mon mari s'appelle François et je me suis laissé piéger malgré tout.

— Je plaisante, bien sûr, au milieu de la nuit

on peut se le permettre. Damien est unique, comme vous ou moi. Nous sommes des points distincts les uns des autres, même quand nous nous ressemblons nos cerveaux ne sont pas comme les chambres de ces hôtels de front de mer à la superficie et au mobilier standardisés où l'on emmagasine les touristes. Certains ont dans le crâne un univers infini où ils se cognent aux planètes, se brûlant aux étoiles, des fous, plaignons-les de peur un jour d'en être. D'autres au contraire ont des yachts confortables qui leur permettent une croisière intérieure et sûre malgré tempêtes, orages et typhons, ces privilégiés sont enviables et nous les envions. Vous et moi nous n'avons sans doute qu'un placard, avec une lucarne d'où nous contemplons l'extérieur hébétées, nous ne sommes pas tout à fait idiotes, nous formons le gros du genre humain, nous sommes fières de notre condition, d'autres plus mal loties n'ont qu'un tiroir, un étui, un minuscule flacon opaque où le jour coule goutte à goutte par le goulot.

— Dans le crâne de Damien il doit y avoir un tube fluorescent qui éclaire le réel d'une lumière glacée. Les paysages, les objets, les visages, lui apparaissent nets comme des dessins à la plume, mais il me semble que les couleurs lui échappent. Vous n'étiez pour lui qu'un contour rempli de vide, la lisière d'un gouffre dans lequel il avait peur de tomber. Vous lui donniez le vertige, il n'osait pas vous regarder dans les yeux de crainte de sombrer au fond de vos pupilles. Il avait beau toucher votre corps, il doutait de son existence, il ne parvenait à en effleurer que les segments, le schéma. Il vous a aimée comme une femme dont il n'aurait jamais vu qu'un croquis.

— Il vous a rêvée, à son réveil il a demandé à son père de vous dire au revoir, adieu, je m'en vais. Peu importe, vous vous passerez de lui, les premiers temps vous fuirez l'amour, comme on boude quelques semaines les cornichons quand sa marque d'élection devient introuvable après un dépôt de bilan, avalant viande froide et charcuterie avec une simple salade verte pour protester contre une déconfiture si frustrante pour son palais habitué à cette acidité, ce croquant particulier, qu'on retrouve cependant dès le mois suivant en se laissant tenter par un produit générique de supermarché.

— Je vous ai parlé comme si vous étiez ma propre fille. Votre chagrin me touche, me rapproche de vous. Maintenant, dormez, et surtout oubliez Damien, ne vous obstinez pas, changez de marque, ou troquez les cornichons contre du raifort, un filet de citron, à moins que vous ne préfériez tout simplement les câpres.

— Raccrochons ensemble, doucement, comme si la ligne téléphonique s'assoupissait.

Je l'ai rappelée aussitôt. Je me suis endormie avant qu'elle ait eu le temps de décrocher. Il faisait jour quand je me suis réveillée. La nuit était tombée lorsque j'ai vraiment émergé. La migraine me cerclait la tête. Je n'ai pas pris de médicament. La douleur m'épargnait un état de lucidité qui d'avance m'effrayait. J'avais en moi des souvenirs prêts à se dérouler tous à la fois sans que je puisse les arrêter, ralentir leur cours, ou me réfugier dans un passé lointain bien à l'abri à l'intérieur d'une époque où je ne connaissais pas encore Damien.

Il m'a semblé naturel, indispensable, de me mettre à boire épouvantablement pour la première fois de ma vie. Je suis descendue acheter une bouteille de vodka chez l'épicier maghrébin de la rue de Montmorency. Je suis revenue sur

mes pas pour en acheter une autre. Je l'ai entamée en montant l'escalier, je me suis réveillée en
plein soleil sur le tapis du salon. J'ai passé le
reste de la journée dans la baignoire, l'eau n'était
jamais assez chaude, et je la remplaçais dès
qu'elle avait tiédi. La nuit est vite tombée, je me
suis levée pour allumer la lumière et je me suis
séchée.

La grande salade se trouvait toujours sur la
table, je l'ai jetée. J'ai trouvé dans le casier
congélateur un bac de glace au caramel, je l'ai
creusé à la cuillère jusqu'au dégoût. J'avais faim,
je suis allée à pied aux Halles. J'ai mangé un
steak dans un restaurant, j'ai bu du vin rouge et
plusieurs cafés. Un type m'a adressé la parole
d'une table voisine, je n'ai pas levé les yeux sur
lui. J'ai payé à la caisse, j'ai marché jusqu'à une
boîte de nuit. Sur la piste de danse, j'ai pu
hurler sans que personne m'entende. J'ai pleuré
dans les toilettes, j'ai à nouveau crié au milieu
des danseurs et je me suis en allée.

Je n'ai pas compté les jours, ils devaient s'en-
tasser dans mon dos comme les bouteilles de
vodka, de gin, d'aquavit, autour du canapé, du
lit, de la baignoire. Je n'étais pas saoule, j'étais
absente, ou alors je me réveillais en vomissant.
Quand on sonnait à la porte je me disais qu'il

avait la clé, et qu'après tout ce que m'avait dit
son père, sa mère, après tout ce que lui n'avait
pas eu le courage de me dire et qu'il m'avait fait
cracher au visage par les bouches de ses géni-
teurs, je n'allais pas me précipiter pour lui
ouvrir nue sous un tablier noir comme une sou-
brette de bordel.

Mais je crois qu'on n'a sonné qu'une seule
fois, ou quatre, dix, cent quatre-vingts, car les
voisins m'ont dit plus tard qu'ils avaient été souvent sur le point d'appeler la police, tant je bra-
mais la nuit. Le jour on m'entendait moins, je
devais reprendre des forces pour mieux extério-
riser ma douleur dès le soleil couchant.

Je me souviens aussi avoir ouvert la porte,
deux ou trois fois, cinq ou six fois, mais pas plus
de dix, il ne me restait plus beaucoup de chèques,
à un médecin de chez SOS, jamais le même, et
toujours furieux d'être dérangé par une ivrogne
qui se plaignait d'être en train de mourir. Il
m'injectait rageusement un liquide douloureux
dans la fesse, et comme je tremblais il remplis-
sait le chèque lui-même avant de disparaître
sans m'avoir administré la mandale en pleine
gueule qui aurait sans doute justifié à ses yeux
son serment d'Hippocrate. Je l'entendais descendre l'escalier, je m'affalais sur le sol, toujours

nauséeuse, mais à présent euphorique, heureuse, même si je gerbais encore un peu sur le carrelage en m'endormant.

Bien sûr, la catastrophe arrivait, et je finissais par me réveiller. On ne se suicide pas par amour, autrement je l'aurais fait. J'aurais pu me pendre pour arrêter de vivre, pendez-vous, moi j'ai peur, je ne veux pas pourrir, brûler, et toute ma douleur exige d'exister. J'exige d'être là jusqu'à la fin des temps, je ne veux pas laisser l'existence à Damien. Il prendrait ma mort pour une offrande, un hommage, un sacrifice, il serait fou d'orgueil, se vantant chaque matin devant son miroir, chaque soir, s'observant du coin de l'œil dans les reflets des fenêtres, des écrans, cherchant à apercevoir son image dans le capuchon de son stylo durant les interminables réunions de travail, les transferts en taxi, les vols, jusque dans l'intimité des toilettes où il se prendrait pour un de ces rois antiques dont les excréments étaient donnés en pâture aux vestales.

Le téléphone sonnait souvent. Je le jetais contre le mur, il retombait intact et silencieux sur la moquette. Peu à peu, je remarquais qu'un vague bourdonnement s'en échappait, j'en avais peur comme s'il était le prélude à la piqûre d'un insecte toxique. Je finissais toujours par répondre, par murmurer pour manifester ma présence. Je la laissais parler, je n'avais plus assez d'énergie pour l'envoyer se faire foutre.

— Gisèle, je tenais à vous dire que nous n'avons plus rien à nous dire.

Je raccrochais. Maintenant elle ne me réveillait plus en pleine nuit pour s'en prendre à Damien, et à chaque fois que je l'appelais je ne comprenais pas ce qu'elle bredouillait avec sa voix pâteuse comme de la glaise. J'avais honte de son manque d'humour, à sa place tout le monde aurait réagi avec plus de détachement.

J'ai été déçue par cette jeune femme, qui sans être son épouse a quand même partagé le lit de mon fils des années durant. Je sais ce qu'elle vous a dit sur nous, elle n'a pas hésité à nous tourner en ridicule, nous calomnier, à me prêter des paroles dignes d'une aliénée. Je vous remercie d'avoir douté de leur authenticité, et en définitive de les avoir mises sur le compte de son chagrin. Mais j'ai le droit d'exister tout autant qu'elle, de vous parler de moi, de nous, de vous dire enfin toute la vérité.

Mon mari n'a jamais posé un robinet de sa vie. Le matin dont elle vous a parlé il était avec moi, et nous faisions des courses. Pas au Bon Marché, mais dans un Carrefour de la banlieue ouest où nous profitions de la semaine viticole pour remplir notre cave à bon compte. Nous ne sommes pas alcooliques, toute la semaine nous buvons de l'eau, mais chaque dimanche à midi nous ouvrons une bouteille de vin fin, et nous la finissons le soir avec un fromage de chèvre rôti. Quand nous recevons des amis à dîner, nous leur faisons l'honneur d'un saint-émilion des années quatre-vingt, ou d'un bâtard-montrachet vendangé au début du septennat de Giscard d'Estaing.

Contrairement à ce qu'elle a prétendu, mon mari s'appelle Joseph, et personne dans notre famille ou dans notre entourage ne se prénomme François. Nous n'avons rien contre les François, mais c'est un fait. En outre, sachez que Joseph n'a rien d'un homme ridicule, il est plutôt psychorigide à force de sérieux, et je ne l'ai jamais vu faire une grimace, ni rire en entendant malgré lui une plaisanterie trop leste.

Il est presque d'une pudeur excessive, en trente-deux ans de mariage il ne m'est pas arrivé une seule fois de le voir nu. Il ne m'a pas vue déshabillée non plus, je dois entrer dans la salle de bains en peignoir, et m'y enfermer tout au long de ma toilette. Nous connaissons la forme de nos corps que nous avons maintes fois soupçonnée dans l'obscurité absolue de la chambre, mais nous ne savons de leur image que les bribes échappées de nos vêtements, comme nos mains, nos bras, notre cou, ainsi bien sûr que notre visage et nos cheveux.

Même par grosse chaleur nous ne fréquentons pas les piscines publiques. Nous en avons fait construire une dans notre jardin clos de murs pour nager à l'abri des regards indiscrets, mais nous n'avons jamais osé acheter un maillot et notre fils s'y baigne sans nous. Nous ne sommes jamais partis en vacances à la mer, nous préférons les pays froids où on se calfeutre tout l'été, où même en plein mois d'août on ne sort que confiné dans une combinaison étanche blanche comme la neige dont les rafales vous enrobent comme des nuées d'abeilles échappées d'une ruche.

En accord avec mon mari, et pour ne pas introduire un élément supplémentaire de confusion, je veux bien admettre que mon enfant se prénomme Damien. Du reste la vie est faite d'êtres et d'événements sans importance, fugaces, interchangeables, dont le degré de réalité demeure à l'appréciation de chacun.

Damien est un garçon d'aujourd'hui, Joseph regrette que nous ne soyons pas nés un siècle plus tôt, une époque différente et une éducation d'autrefois en auraient fait sans doute un fils plus conforme à ses idées. Mais nous nous sommes pliés aux mœurs de notre temps, le laissant sauter de fauteuil en fauteuil, le nourrissant de gâteaux quand il refusait la viande, donnant tort aux surveillants qui le punissaient, et nous laissant injurier durant les cinq années de sa crise d'adolescence. Aujourd'hui encore il nous insulte parfois, comme si sa lointaine puberté parvenait à passer la barrière de l'âge adulte pour nous asperger de son venin.

Nous aimons et estimons notre fils. Nous ne nous demanderons jamais s'il mérite nos sentiments, ou si du fait de notre lien de parenté nous nous montrons indulgents envers lui. Il est affectueux, mais sans exubérance, et nous ne sommes pas sûrs que ses rares baisers soient le symptôme d'un amour démesuré. Nous pensons cependant qu'il nous préfère vivants que morts, car tant que nous serons là il pourra garder l'impression d'être encore un jeune homme, même si nous devenons très vieux et qu'il frise déjà la soixantaine. Quand nous aurons disparu il sera obligé de dire adieu à son adolescence, et les générations d'aujourd'hui en font le deuil aussi douloureusement que d'un œil ou d'un testicule.

Il gagne sa vie depuis huit ans, nous continuons néanmoins à lui donner assez souvent de l'argent pour qu'il ne nous perde pas de vue. S'il fonde un foyer, nous lui offrirons un appartement. S'il n'a pas d'enfants, nous nous en passerons, les grands-parents sont trop souvent mis à contribution, et à notre âge nous ne sommes guère enthousiastes à l'idée de transformer notre maison en nursery.

Pourtant, s'il devait se reproduire, la fierté de voir certains de nos traits dans un ou plusieurs jeunes visages destinés à vivre longtemps après notre décès, et se reproduisant à leur tour, à porter plus loin encore notre reflet dans le temps, nous fera supporter leurs cris et leur incontinence avec calme, philosophie, peut-être même à l'occasion avec une certaine joie qui nous irradiera comme un peu d'eau lourde.

Je vous ai parlé de notre couple et de Damien. J'ai été aussi objective qu'on le peut quand on parle des siens. J'aurais pu nous présenter sous un jour plus tendre, plus aimable, vous nous auriez trouvés sympathiques, et l'envie de nous connaître aurait titillé quelques-uns d'entre vous. C'est volontairement que je n'ai rien dit des dons exorbitants que nous faisons mensuellement à l'UNICEF, et que je n'ai pas parlé du sous-sol de notre maison que nous avons aménagé pour héberger, nourrir, habiller de vêtements propres, des malchanceux qui grâce à nos efforts finissent par retrouver un travail, ou au moins recouvrer à force de démarches leurs droits au minimum vital.

Mais je ne vous ai pas menti par omission, car nous n'avons jamais pensé aux miséreux que pour nous en préserver par une alarme et des portes blindées dont pour plus de sûreté nous faisons changer les serrures chaque année. Nous ne valons pas plus cher que vous, nous sommes des humains. Si après avoir donné à une ONG quelques centaines d'euros déductibles de vos impôts, vous désirez encore faire profiter la société de vos revenus, si vous êtes assez naïf, assez imprévoyant pour vous défaire de votre argent, et surtout assez menteur pour le prétendre, alors qu'avec vos charités annuelles vous seriez bien incapables de survivre une quinzaine de jours, c'est que vous avez honte d'exister, comme les ascètes, les suicidaires, les obsédés.

J'ai dit la vérité sur nous, vous pouvez donc me croire à présent si je vous parle d'elle. Nous n'avons jamais mis en doute son identité, car comme pour certaines voitures d'entrée de gamme, quelle que soit la marque inscrite sur la carte grise, les performances sont connues d'avance et ne font pas rêver ceux qui en sont réduits à s'en porter acquéreurs.

Elle dit mesurer un mètre soixante-neuf, elle a évoqué en notre présence ses cinquante-deux kilos, ses études supérieures inachevées, son père gérant d'une entreprise de ramonage industriel, sa mère préparatrice en pharmacie, et sa sœur jumelle, pourtant haïe, mariée, et pourvue d'une descendance des deux sexes.

Une sœur jumelle dont elle n'est sans doute qu'un mauvais duplicata barbouillé à la hâte d'un ultime jet de semence par un père fatigué d'aller et venir dans la chaleur du mois de septembre de sa conception, où la France et l'ouest du continent tout entier transpiraient sous un plafond de nuages opaques au-delà duquel les gens simples supposaient un bouquet de soleils qui profiterait de la moindre éclaircie pour les cuire.

Nous ne savons rien d'autre de sa famille. Quant à Gisèle, nous ne l'avons jamais aimée. Si nous avions été enseignants, nous aurions sans doute attribué à son physique une note inférieure à la moyenne, tant la forme de son crâne nous a toujours déplu, tant sa chevelure demeurait grasse malgré les shampoings, tant elle portait mal ses longues jambes dont elle se servait avec moins de grâce que des prothèses, des béquilles, des roulettes, comme me le murmurait parfois mon mari à l'oreille en ricanant.

Son visage n'était pas laid, mais elle ne savait pas l'utiliser non plus, laissant pendre sa lèvre inférieure, contractant sans raison les muscles de sa joue gauche tandis que la droite demeurait au repos, fermant un œil au moindre rayon de soleil, sans compter son nez en trompette exhibant l'intérieur de ses narines auquel nous n'avons jamais pu nous habituer, pas plus qu'à ses oreilles pourtant bien ourlées mais dont la carnation d'un rose acidulé nous dégoûtait.

Quand nous étions seuls avec Damien, il m'arrivait de le taquiner sur les imperfections de sa compagne, comme son père critiquait parfois sa manie de ne pas se raser pendant les vacances et ses tenues de week-end excentriques. Vexé, il me faisait l'éloge du derrière pommé de Gisèle, du modelé parfait de ses parties intimes, de son habileté pour tous ces jeux un peu glauques dont se régalent les hommes de notre temps, et qui assaisonnent leurs plaisirs comme une giclée de ketchup. Je le faisais taire en rougissant.

Nous nous sentions humiliés que notre fils partage la vie d'une femme pourvue d'un physique inférieur au sien. Damien n'est pas une beauté, mais il est grand, svelte, musclé, et l'été avec sa peau hâlée on le dirait coulé dans le bronze.

Quand il se baignait avec elle dans notre piscine, nous montions à l'étage pour mieux l'observer à son insu derrière les rideaux entrebâillés de la fenêtre de notre chambre. Gisèle se collait à lui dans l'eau comme une sangsue, avec sa peau trop claire rougie par le soleil malgré les crèmes, et souvent parsemée de plaques suspectes qui nous ont toujours fait soupçonner un psoriasis. Au début de leur relation, lorsque Damien sortait de l'eau, l'étoffe de son maillot était tendue par une solide érection qui trahissait d'après mon mari un gabarit au-dessus de la moyenne, alors que la poitrine de Gisèle était menue, presque plate, avec des aréoles minuscules comme des miettes. J'aurais aimé qu'elle s'évanouisse pour pouvoir descendre en hâte la gifler à tour de bras sous prétexte de la ranimer.

Elle avait une intelligence à peu près équivalente à celle de Damien, mais alors qu'il en avait toujours fait le meilleur usage, elle avait passé son temps à la gaspiller. Plutôt que d'étudier utilement, elle s'était inscrite en faculté de lettres, évitant même de se rendre à ses cours, et s'enfermant dans sa chambre pour écrire. Au lieu de bâtir un scénario astucieux et de chercher à le vendre à un producteur ou un écrivain professionnel, elle s'était mis en tête de confectionner un roman, s'acharnant, s'isolant chaque mois davantage, échouant à tous ses examens, et n'accouchant en définitive que d'une centaine de pages dont tout nous porte à croire qu'elle a eu honte le jour où elle a pris la saine décision de les relire.

Ses parents excédés l'ont contrainte à faire une entrée précipitée sur le marché du travail. Elle a été vendeuse, serveuse, elle a même tenu un kiosque à journaux en soirée sur le boulevard Saint-Germain. Pendant ses congés, elle effectuait des stages non rémunérés dans des revues littéraires qui lui promettaient un emploi le mois suivant, mais qui manquaient à leur parole ou faisaient faillite. Lasse de cette vie subalterne, nous l'avons toujours soupçonnée d'avoir eu des relations sexuelles intéressées pour obtenir un poste pourtant modeste d'attachée commerciale dans une petite entreprise d'isolation dont elle a été licenciée il y a deux ans pour raison économique.

Bref, une jeunesse ratée, et cette rupture qui n'arrangera rien, si au lieu de tenter de se modifier, de devenir un être radieux, elle se replie sur son chagrin, s'aigrit, pourrit comme ces poires de mauvaise volonté qui se décomposent sur l'arbre avant d'être parvenues à maturité.

Nous comptons fermement sur sa paresse pour qu'elle se garde de recommencer à écrire, car à force de perfidie, elle parviendrait peut-être à machiner un petit ouvrage sordide au titre rutilant qui séduirait un éditeur avide de profits.

Un jour d'automne, Damien se verrait jeté sur les tables des libraires sous le nom de Fabien, garçon sans envergure assez minable pour envoyer son père rompre à sa place à l'occasion de la pose d'un robinet. Elle donnerait assez de détails scabreux sur leur histoire pour susciter l'attention des médias, et un soir elle se laisserait aller sur un plateau jusqu'à révéler la véritable identité de son personnage.

Damien sera convoqué à Toulouse le lundi suivant. Le directeur général lui jettera le livre à la figure, l'accusant d'avoir ridiculisé l'entreprise. Damien essaiera de se disculper, arguant qu'une romancière ne pouvait superposer exactement son écriture avec le réel.

— Vous lui avez pourtant servi de modèle.

— Nous voyons à présent à qui nous avons affaire.

— Cette façon de vous soulager contre un arbre.

— Ce rapport sexuel devant le radiateur du salon.

— Sans compter vos parents.

— Je ne les ai pas choisis.

— Issu d'une jument abusive et d'un étalon ridicule, aucun trotteur n'a jamais fini la moindre course.

— Et votre pénis ?

— Vos bourses ?

— Je pourrais faire raccourcir mon scrotum.

— Peut-être.

— En tout cas, vous cachiez bien votre jeu.

— Permettez-moi de vous faire observer, monsieur le directeur général, que je dissimule ces parties-là sous mes vêtements.

— Après ce livre, vous aurez beau accumuler caleçons et costumes, votre nudité transparaîtra toujours, et votre apparition constituera à elle seule un attentat à la pudeur.

— Nous n'apprécions guère que nos cadres s'exhibent, vous êtes licencié pour faute professionnelle grave.

Elle cherchera à leurrer, à plaire, pour faire partie un jour de la population des dictionnaires, dont les œuvres sont jugées bonnes à donner en pâture aux professeurs des écoles, qui les assènent à leurs ouailles sous forme de dictées piégées comme des rizières truffées de mines antipersonnel et de bombes rouillées.

Elle n'a jamais vu en Damien qu'un personnage potentiel. Elle l'embrassait en notre présence, lui murmurant des mots tendres que je n'aurais jamais osé dire à Joseph. Elle le caressait, prenant son empreinte pour mieux pouvoir le reproduire quand elle ne l'aurait plus. Pour elle, chaque heure contenait les souvenirs des minutes qui l'avaient constituée, elles s'y entre-choquaient comme des billes. Les années étaient des resserres pleines de cette mémoire accumulée qu'elle bouclait à double tour à la Saint-Sylvestre comme un pécule. Elle ne ressentait rien, ne souffrait pas, ne jouissait jamais, elle archivait.

Non seulement elle exécutait des moulages du corps et du visage de notre fils, mais elle parvenait aussi à décrypter ses pensées enfouies, ses rêves, ses désirs secrets, si honteux, si déstabilisants, que son cerveau lui en interdisait formellement l'accès pour le préserver de la haine de soi, du désespoir, de la folie.

Quand elle venait dîner à la maison, dès l'apéritif, elle nous dépouillait de tous nos vêtements d'un simple regard. C'est en petite tenue que nous passions à table, et peu lui importait notre consentement à lui laisser voir nos organes que nous ne lui aurions de toute façon pas accordé. Pendant les hors-d'œuvre elle dépiautait notre conscience, s'imbibant de notre humeur pour l'analyser de façon sommaire, et prélevant des échantillons afin d'en faire la biopsie à tête reposée.

Je servais le rôti, et elle envahissait sans pudeur notre encéphale, violant l'intimité du moindre de nos neurones, même ceux contenant les souvenirs sacrés de notre enfance, comme ces pilleurs de tombes qui vont jusqu'à faire sauter les couvercles des cercueils de bébés dans l'espoir de découvrir un hochet en argent ou une médaille. Elle avait assez de duplicité pour converser en même temps, manger, glisser un compliment sur la tendreté du rosbif, le fondant de la jardinière, et prendre la main de Damien, la portant à ses lèvres grasses de jus, la cajolant contre sa joue comme une poupée.

Nous n'étions pas sa dupe. Usant d'un code proche du morse que nous avions mis au point tous les deux, Joseph me donnait de légers coups de genou sous la table, et je lui répondais que j'avais peur moi aussi en frappant légèrement mon assiette du bout de ma fourchette. Elle n'en continuait pas moins à nous dévaster, et au moment du fromage nous devions nous accrocher à la table de toutes nos forces pour ne pas hurler, car elle investissait notre moelle épinière qu'elle labourait cruellement comme si elle avait voulu s'y semer et pousser entre nos vertèbres comme un buisson.

Elle savait prolonger notre supplice, tandis

que sonnait comme un glas l'heure du dessert. Alors, elle envahissait la totalité de notre organisme, se moquant de notre foie, se montrant caustique envers notre estomac, piétinant nos reins, notre vessie, mes ovaires, la prostate de mon mari, grimpant jusqu'à notre cœur pour le boxer, et mieux mettre en doute notre aptitude à aimer, à éprouver des sentiments désintéressés, faiblesses, je l'ai déjà dit, que nous réprouvons à juste titre, mais que contrairement à elle nous n'arborons pas en guise d'armoiries.

Nous subissions le café, nous lui offrions même un digestif. Elle enlaçait Damien. Il croyait à son affection, ne s'apercevant pas qu'elle s'employait à le dérober peu à peu, comme une somme d'argent dont il ne restera bientôt plus une piastre.

Chacun de ses baisers était un stratagème pour mieux l'aspirer, comme une huître, comme un soda, avec sa langue dardée, flûtée, paille de chair, chalumeau qui le siphonnait sous nos yeux qui le voyions dans l'après-midi s'en aller à son bras réduit à son enveloppe de peau, plus léger que sa chemisette d'été et ses baskets qu'il semblait soulever à chaque pas comme des bottes de plomb.

Vous pensez que je ne la décris pas sous son meilleur jour, et exagère à la fois sa malfaisance et sa méchanceté. Je ne suis qu'une mère, mon amour pour Damien est bien le seul qu'une femme lui vouera jusqu'à la fin de ses jours. Cet amour enlaidit son entourage pour mieux l'en protéger, allant jusqu'à lui inventer des ennemis afin de lui prouver les dangers qu'il courrait s'il s'abandonnait à la vie, coupant le cordon, s'inventant, comme si on pouvait naître seul, comme si l'accouchement n'était pas irréversible, comme s'il pouvait être autre chose que cet adulte dans lequel après ma mort j'existerai encore, avec ma chair, mon sang, mes idées, et il aura beau lutter, argumenter, raisonner, il ne se débarrassera pas plus de moi que de mon sourire quand il aura réussi à sauter un obstacle, et de mon air renfrogné si d'aventure il se laisse aller à errer hors du sentier ascendant de l'existence que je lui ai choisie.

Il est Damien, il n'y peut rien. Je l'ai poussé si loin dans cette voie, et depuis si longtemps, que moi-même je serais incapable de le faire revenir sur ses pas. Vous n'avez jamais eu de fils, vous croyez qu'un jour on les abandonne, à eux-mêmes, à une femme, comme s'il existait pour ces êtres d'autre issue que les lèvres de notre vulve, cette haie d'honneur qui se prolongera leur vie entière, et même au-delà de notre mort, contrairement au pénis de leur père depuis longtemps rétracté.

Les pères, ils en sont orphelins dès la naissance, ces gens-là tombent en désuétude dès la conception entendue. Porteurs d'organes devenus inutiles, nous les supportons tout au plus à titre d'agents économiques jetés chaque matin hors du foyer avec leur cravate, leur gabardine, leurs lunettes, et leur attaché-case que nous renouvelons tous les quatre ou cinq ans à l'occasion des fêtes de Noël. Nous les récupérons le soir, les expédiant dans un coin du salon avec un verre et quelques cacahuètes au fond d'un ramequin.

Nous les ignorons, mais nous admirons leurs

spermatozoïdes qui se pendent à notre cou, nous embrassent, pleurent, jouent, rient, se gavent de bonbons, nous crachent leur bouillie en plein visage, hurlent toute la nuit pour une otite, une écorchure, ramènent de l'école d'affreux dessins magnifiques, redoublent toutes leurs classes, décrochent par leur seul mérite, avec un diplôme pourtant sans valeur sur le marché du travail, une situation dans cette boîte de papiers peints dont nous avons racheté toutes les actions le mois précédent.

Les pères sont pour nous un mal nécessaire, dont nous préférerions nous passer, hermaphrodites comme les escargots, quitte à ne sortir que les jours d'averses, sous l'orage, et peu nous importerait d'éternuer, d'avoir des cornes, de baver. Nous sommes des mères, c'est notre nature, notre race, à condition de le rester nous nous passerions volontiers d'appartenir au genre humain.

J'aime mon mari, je l'aimais avant la naissance de Damien, je l'aimais avant même d'être enceinte. Je lui ai dit souvent que je l'avais aimé avant de le connaître, il m'était destiné comme une part d'héritage, un lot, une maison de campagne qui vous revient après un tirage au sort chez le notaire. Je n'avais besoin de personne d'autre que lui, il était la pièce qui manquait à mon existence.

Je l'aime, il fallait que je l'aime, notre amour était nécessaire au développement harmonieux de Damien. Je m'en serais voulu qu'il contracte une mononucléose comme parfois ces enfants de parents adultères, ou qu'il en vienne à s'ouvrir les veines en cours de français, comme un gamin de divorcés dont nous avions lu l'histoire dans *France-Soir* quelques mois après notre mariage.

J'ai toujours caché à mon époux ce léger mépris que j'éprouvais envers lui, non pas envers lui en particulier, mais d'une manière générale, puisqu'il était homme, père, c'est-à-dire rien si je le comparais à moi-même. Non que je sois présomptueuse, pleine d'orgueil, comme ces femmes qui ambitionnent de faire une carrière politique ou dans la finance, mais parce que j'étais, parce que je suis, parce que je serai mère, même dans un avenir lointain où lui ne sera plus dans la mémoire de Damien devenu vieillard qu'un souvenir résiduel, un pantin qu'il associera sans savoir pourquoi à une histoire de rupture et de robinet qui égayera sa déliquescence. Alors qu'il m'aura toujours, à chaque instant, présente à l'esprit, et prononcera mon nom en rendant son dernier soupir.

Nous formons avec Joseph un couple soudé, complice, nous faisons équipe, et s'il lui est arrivé de me tromper, je n'ai quant à moi jamais pris cette peine. Je ne suis certes pas lesbienne, mais les hommes se valent, aucun ne vaut qu'on bouscule son quotidien, qu'on fasse la moindre entorse à son emploi du temps. Joseph n'a pas été un si mauvais amant, il m'a arraché nombre d'orgasmes tout à fait authentiques. Mais les femmes ne s'attachent pas à ces détails, les émotions qu'elles éprouvent dans les bras d'un homme ne sont que l'écho lointain des jouissances obtenues en solitaire loin de leur haleine et de leur peau moite.

Toute femme est par nature onaniste, celles qui cherchent désespérément leur plaisir auprès des mâles sont des maladroites qui ne méritent pas leurs doigts. Ne m'imaginez pas pour autant cloîtrée à la moindre occasion dans ma chambre, ma salle de bains, ou me levant de table au restaurant quand le service lambine un peu, afin de m'isoler dans les toilettes en tirant la chasse de temps en temps pour que la dame devant sa soucoupe ne m'entende pas gémir. D'ailleurs aujourd'hui la masturbation est devenue pour moi une pratique exceptionnelle, je n'y ai eu recours qu'une seule fois au cours de l'année dernière.

La sexualité est un fait passager, la maternité est pareille à nos squelettes que les siècles se révéleront incapables de ronger. La maternité est comme nos dents qui continueront à rire dans notre cercueil malgré l'obscurité pourtant plus propice aux larmes que nos yeux depuis longtemps évaporés s'avéreront incapables de verser. La maternité n'est pas seulement cette matière dure, imputrescible comme la pierre, elle est aussi douceur, mollesse, elle est humus, et dans ce fumier poussent nos garçons, nos filles, comme autrefois ils apparaissaient dans l'imaginaire des enfants au milieu des roses et des choux.

La maternité, cet égout où les gamins tombent à la naissance et dont ils ne sortiront jamais, même si parfois, fiers comme Artaban, ils pointent un instant leur nez tout crotté pour nous revenir à l'instant, piteux, heureux de retrouver le bercail dont l'odeur les enivre davantage que celle des fiancées, des épouses, de toutes ces fentes qui ne sont pas la nôtre et dont tôt ou tard nous finissons toujours par avoir raison.

En revanche, les filles sont destinées à nous

quitter, elles doivent devenir des êtres auto-
nomes afin de propager la maternité à travers le
monde. Le moment venu nous soulevons la
lourde plaque de fonte, et nous les jetons à la
rue. Peu importent leurs rêves, ces flirts, ces
amourettes, dont elles se faisaient par avance
une fête. Le bonheur n'est rien, car la maternité
leur apportera le règne, la puissance et la gloire.
Ces chimères de l'adolescence leur sembleront
alors aussi vaines que le désir des garçons, larbins
de leur pénis dès l'enfance, le suivant comme une
idole minuscule, glabre, et déjà pourtant raide
comme un sabre. Adultes, ils auront pour lui
une tendresse qu'ils n'éprouveront jamais pour
leurs amantes, et ils seront prêts à le suivre paupières closes en s'y cramponnant des deux mains
comme en cas de danger les non-voyants s'ac-
crochent à leur canne tirée par des passants cha-
ritables.

Je vous ai promis la vérité, je vide mon cerveau devant vous comme un grenier. Je me laisse parfois emporter, mais une mère est excusable d'exagérer l'importance de sa fonction. Comment pourrait-elle garder son calme en évoquant la procréation, alors que pour quelques planètes crachées comme des noyaux, quelques galaxies nébuleuses, pour cette voie lactée qui ne nourrira jamais aucun bébé de son sein, pour si peu, pour rien, les dieux se répandent depuis des millénaires, de pierres gravées en papyrus, de parchemins enluminés en incunables dont les innombrables surgeons encombrent les chaumières, les maisons, les immeubles, et les tiroirs des chambres climatisées des palaces.

Alors une mère peut bien exagérer son rôle, et celui qui s'en moquerait blasphémerait contre l'orifice auquel il doit la vie. Un orifice, un ventre, une intention préalable tapie dans le crâne, tout un système, une philosophie, une mathématique dont chacun d'entre vous est un théorème jamais démontré par vos mères qui luttaient pour ne pas s'endormir, tandis que votre père vous injectait en elle avec sur le visage une grimace qui aurait pu laisser supposer qu'en réalité il se trouvait à sa place.

Damien est né le vendredi 24 mars 1974. La région parisienne était sous la pluie depuis une dizaine de jours. À la télévision on montrait l'image d'un lit en bois doré qui descendait la Seine en crue. Ses eaux avaient envahi la place de la Concorde, l'Obélisque semblait attendre le paquebot à qui elle servirait de bitte d'amarrage. J'ai beaucoup souffert, mais malgré l'insistance de la sage-femme, j'ai refusé de prendre le moindre analgésique.

Six mois durant j'ai nourri Damien, m'empiffrant de viande rouge, de légumes, de crème fraîche, pour que mon lait soit abondant et riche. Aujourd'hui encore sa peau est saine, aucune de ses dents n'est cariée, et il a une chevelure solide qui blanchira tard et ne le laissera jamais chauve. Je l'ai bâti comme une symphonie, avec génie, mais scrupuleusement, en respectant les règles de la composition, de l'harmonie, et s'il croit se jouer tout seul c'est que les fils ne voient jamais les mères qui les dirigent dans leur dos comme des orchestres.

Gisèle s'est un temps substituée à moi, elle l'aimait. Une mère souffre de se voir supplanter, mais elle aime d'un amour incommensurable, et elle trouve encore la force d'aimer celle qui lui a dérobé son enfant. J'aimais Gisèle comme ma fille, et si Damien était mort d'un accident de moto nous l'aurions couchée sur notre testament. Si elle s'était décidée à faire augmenter le volume de sa poitrine, nous lui aurions offert le meilleur chirurgien. Si sa mère que je n'avais jamais vue avait eu besoin d'un rein, je lui aurais proposé un des miens. Je l'aimais plus encore qu'elle aimait notre fils, et c'est justement parce que mon amour pour elle était démesuré que j'ai abjuré Damien de rompre. Je ne voulais pas qu'il la fasse souffrir. Il ne l'aimait plus, il ne l'aimait pas, il l'avait aimée, peut-être, si les hommes sont incapables d'aimer, il leur arrive peut-être d'avoir aimé.

En tout cas nous en avions assez, elle ne correspondait en rien au cahier des charges auquel nous nous référions sans le nommer, sans même l'avoir jamais rédigé, quand nous pensions à la femme qui conviendrait à Damien. Il a besoin d'une véritable épouse, il passera auprès d'elle un demi-siècle, davantage si elle jouit d'une bonne hérédité, garde son poids de jeune fille au fil des ans, fuit l'alcool, la nicotine, les nuits blanches, tout autant que la mélancolie et les questions métaphysiques auxquelles personne n'a jamais répondu.

De toute façon, Gisèle déplaisait physiquement à Joseph. Je crois qu'il l'avait dit à Damien. Ils avaient dû en parler d'homme à homme, et décider que la planète ne manquait pas d'autres femmes qui pourraient lui convenir sans mécontenter ses parents. Le choix d'une épouse doit résulter d'un consensus, elle est destinée à plonger ses racines dans le terreau où a poussé son mari. Nous ne sommes pas nostalgiques des mariages arrangés, notre fils choisira sa femme, mais un jugement négatif de notre part vaudra veto, et l'abandonnant à l'instant il se remettra en chasse pour en trouver une qui nous agrée.

Jusqu'à présent nous l'avons laissé batifoler, nous trouvions naturel qu'il se purge du trop-plein de ses sentiments et de ses désirs. Mais maintenant la trentaine est là, il n'aura plus jamais quinze ans, il en aura quarante, davantage encore, et nous ne voulons pas partir en laissant derrière nous un quinquagénaire en plein célibat, vieux garçon se débattant entre une femme de ménage et des maîtresses de plus en plus âgées, ou jeunes et chères comme des caisses de romanée-conti. Le couple est un attelage nécessaire à l'homme, un merveilleux joug, c'est aussi une petite entreprise, un cartel, et vu de l'extérieur une association de malfaiteurs, car rien de ce qui lui profite n'est criminel à ses yeux.

L'être célibataire est faible, trop léger pour affronter la vie, et quel que soit son sexe ce n'est qu'une chaloupe pleine de trous. Il passe son temps à couler, à se faire mordre par les requins, les raies, et il atteint le fond au terme d'une navrante existence. Le couple est un cuirassé, et s'il se reproduit, il devient un porte-avions d'où décollent chaque jour ses enfants pour se rendre à l'école, au stade, à la bibliothèque. Ils reviennent le soir, pareils à une nuée de petits bombardiers, atterrissant en douceur sur la piste, respectueux de ces parents qui les dorlotent, mécanos consciencieux, amoureux de leur mécanique dont ils chérissent réacteurs et cockpit qu'ils savonnent, graissent, briquent, avant de les remiser dans leur hangar sous leur capuche molletonnée afin que le froid ne trouble ni leur sommeil ni leurs rêves.

Au matin, quand le soleil inonde à nouveau le pont, à peine débarbouillés ils engloutissent joyeux leur petit déjeuner, et quand ils s'en vont leur réservoir est plein d'un carburant si énergétique qu'il leur permettra de partir en mission jusqu'à la nuit tombée, avec toutefois à midi le ravitaillement expéditif de la cantine, et vers quatre heures un goûter d'autant plus sommaire qu'ils auront commencé à le grignoter en fin de matinée.

Le plus riche des célibataires ne peut prétendre qu'à un sous-marin de poche pour atteindre plus confortablement le lieu de son agonie, et il n'est pas question que Damien finisse de la sorte. Nous l'aiderons à armer son propre bâtiment, et quand le nôtre sombrera, non sans panache, après avoir atteint l'horizon de l'extrême vieillesse, nous apercevrons encore sa gigantesque hélice. Nous ne la quitterons des yeux qu'au moment ultime où nous éclaterons sur les fonds rocheux, minés peut-être par un prince mécontent d'avoir eu un morceau de mer en partage, tandis que ses frères régneront sur la partie émergée du royaume, ou sur une simple droguerie bien achalandée dans un village peuplé d'habitants chaleureux, urbains, prompts à se réunir les uns chez les autres pour une fête, un décès, et chaque 1er juillet pour commémorer la pose en 1959 du premier panneau de stationnement interdit sur la place du marché prise d'assaut l'été par des touristes dont les véhicules garés avec muflerie gênaient l'accès aux étals des bergers descendus des alpages vendre leurs chevrotins, et à celui de l'apiculteur qui écoulait aussi de la confiture de roses et des assiettes en faïence peintes à la main par son épouse clouée sur une chaise roulante par la polio.

Damien, petit avion, oisillon, Damien, moucheron, morpion perdu dans ma fourrure. Damien qui se prend pour Damien avec ses épaules, ses bras, sa petite queue d'humain plongée dans le vide comme un gouvernail. Damien, avec ses coups de reins, pipi dans le vagin, sperme blanc, qui rend par saccades tout le lait qu'il m'a pompé jadis.

Avant lui, je n'avais jamais aimé. Une mère ne peut gaspiller son affection pour un homme qui ne lui est rien, sous prétexte qu'il est l'homme de sa vie. À sa naissance, j'ai flanqué à la gueule de Damien tout mon amour comme une paire de claques. Si je l'avais aimé davantage il en aurait été assommé, écrabouillé comme un poussin sous la godasse d'un paysan colérique. Amour lourd, infernal, que l'amour d'une mère. Enfants endettés jusqu'au cou dès la conception. Vous ne pourrez jamais payer les traites, les mères vous tiennent par les couilles, par les lèvres de la chatte, notre amour vaut de l'or, du platine, nous sommes diamant, et votre affection, vos sourires, vos pitoyables cadeaux, ne rembourseront même pas les intérêts qui courent sur ce capital dont vous vous êtes pris les lingots en plein crâne comme une volée de parpaings à l'instant où vous poussiez votre premier cri.

Enfants, vous êtes descendance, marches d'escalier que sans cesse les mères grimpent et dégringolent en claironnant leur gloire. Je suis mère, le grade de mère confère duché, royaume, empire, et les enfants rebelles on les encage comme des voleurs. Ils sortent de nos geôles doux comme des pères, des pères mamantisés, petits bâtons, soldats de plomb, aux ordres de Maman, mère des fils, des filles et des maris.

Le sort de Damien est scellé depuis longtemps, mais toi la fille que je n'ai pas pris la peine de mettre au monde, je peux t'asséner quand même un rappel d'affection, m'asseoir sur ton visage plus moche encore que le mien, et t'arroser le gosier d'une douche dorée. Tu sais combien je t'aime, ma chérie, fille de joie, putain, si tu avais vécu tu aurais fini dans le même état que moi, mère, folle à lier, mais libre, car on n'enferme pas les reines, les reines parfois, mais pas les mères, qui, quoi qu'il arrive, gardent leur pouvoir intact jusqu'au fond des cachots.

En attendant, agenouille-toi devant celle qui aurait pu devenir ta maman, ton modèle, et espère lui ressembler, l'équivaloir, lui servir de miroir, suce mon fermoir, lèche mon portail, imite ton père, cette mauvaise gouine, avec sa langue rêche, son clitoris vaniteux, qui vexait mes chairs à chaque fois qu'il outrepassait les bornes, entrant tambour battant dans ma ville, campant sur mon île, croisière sur le Nil, ta mère Pyramide pleine de nouveau-nés, ta mère pharaon certes, mais surtout scribe, et tu peux toujours discuter tes créances, elles sont inscrites sur mes tablettes, espèce de fillette née pour enfunébrer avec la complicité de l'amour, et si les bébés restent en toi comme des crottes, si tu refuses de les provoquer, de les expulser, si tu te refuses à la maternité, je te conchie d'avance, démente célibataire, langouste sans ambition, tu traîneras toute ta vie des minots imaginaires, des salopiots d'autant plus impossibles à élever, à remettre à leur place, en un mot à aimer, qu'ils n'existeront que dans ta tête de fille qui n'en fait qu'à sa tête, qui désobéit à sa mère, qui refuse de peupler son ventre, de vaginer des mômes pour perpétuer la tradition.

N'oublie jamais ma fille que je peux te renier à tout moment et te rendre à ton père, ce résidu, avec sa manie d'essayer de se pendre aux barreaux de son costume à carreaux. N'oublie jamais que ta mère est une maman, et qu'elle appartient à ces générations de martyres qui donnaient la vie dans la douleur, à vif, comme des saintes. Comme des résistantes sous la torture nous souffrions, injuriant nos bourreaux. Mais ton père n'expiera jamais assez, je lui souhaite une mort de parturiente, que ses derniers instants gonflent ses entrailles d'un gros bébé de plomb, de métal en fusion, qu'il sache enfin de quel bois se chauffent les mères, les mamans, ces êtres supérieurs, astronomiques, dont les pères ne seront jamais que de pâles copies.

Je m'égare, une mère est parfois sujette à des montées d'amour qui l'embrasent. Notre raison alors vacille, pour un instant, puis elle se redresse et va à nouveau son train tel un petit âne dans la campagne. J'aime mon mari, je l'ai aimé avant Damien, et toujours plus que lui. Autrement, autant privilégier l'effet à la cause et mener la vie absurde des fous. D'ailleurs, il m'est arrivé quand il avait sept ans de gifler Damien pour une insolence, alors que je n'ai jamais porté la main sur mon mari. Même après son entrée au lycée, je contrôlais le travail scolaire de mon fils, en revanche je n'ai jamais fouillé l'attaché-case de Joseph, et il me serait encore moins venu à l'esprit de faire irruption dans les locaux de l'entreprise qui l'employait pour demander à ses collègues s'il bavardait dans les couloirs ou dessinait sur son bloc en téléphonant à ses clients.

Dès seize ans, Damien a eu des amis des deux sexes dont je ne connaissais même pas le nom, et il se fiançait à sa guise pour une après-midi ou un week-end. Je n'aurais pas supporté la même chose de Joseph, j'ai toujours exigé qu'il me trompe le moins possible et que ni moi-même ni personne n'en sachent rien. La seule idée que son éventuelle partenaire connaisse mon existence et puisse se gausser en son for intérieur, me mortifiait.

Mais, il n'a peut-être eu recours qu'à des prostituées, trop pressées d'en finir, trop dégoûtées par leur tâche, pour se moquer de l'épouse du type qu'elles bâclaient dans une chambre crasseuse, ou à l'arrière d'une camionnette garée dans une allée rendue obscure par un escadron de souteneurs qui éteignaient chaque soir les lampadaires à coups de carabine. Toute femme sait que son mari est un chien infidèle, dès qu'il met le nez dehors sa verge se dresse devant n'importe quel arrière-train, comme son confrère dans le règne animal lève la patte devant les troncs des platanes et les vitrines des commerçants désespérés.

Je n'idéalise pas Joseph, mais je pense que l'âge l'a assagi mieux que des esclandres. À présent ses bourses sont amaigries comme une grappe de vendanges tardives, et son sexe plus peau que pulpe est devenu une sorte de nageoire fatiguée, comme s'il était destiné à finir ses jours dans un aquarium. Ce ne sont là certes que des suppositions, puisque même à l'heure où je vous parle sa nudité me demeure inconnue.

J'ai juré de dire la vérité, pourtant j'ai menti à plusieurs reprises. D'abord, bien que nous n'y prêtions guère attention nous avons toujours exhibé notre corps l'un à l'autre à l'occasion de nos déshabillages avant la mise au lit. Il nous est même arrivé de prendre des bains en commun quand l'envie d'utiliser la baignoire nous prenait simultanément.

J'ai menti pour donner une meilleure image de notre couple, et j'ai menti probablement à propos de vétilles sans l'avoir voulu, tant la mémoire mélange les éléments du passé jusqu'à nous donner une représentation caricaturale de ce que nous avons été, et par conséquent de ce que nous sommes.

Je suis la mère de Damien, qui est mon fils, et dont mon mari est le père. Ce matin nous n'étions pas dans la banlieue ouest, je faisais réellement des courses au Bon Marché, et prétextant un changement de robinet mon mari est passé chez Gisèle pour lui annoncer cette rupture. Au lieu de remercier Damien pour le temps qu'il lui avait consacré, j'ai su par Joseph qu'une crise d'hystérie avait suivi l'annonce de la nouvelle. Un tel manque de dignité aurait motivé à soi seul un abandon immédiat, s'il ne venait pas justement de lui être signifié.

Je pense qu'elle a peu souffert, je suis être humain et je sais ce que vaut notre amour. C'est à vrai dire un sentiment peu probable, peut-être inventé par un moine médiéval soumis à la question ordinaire pour s'excuser du viol et du meurtre d'une pucelle à la coiffe provocante, qui serait resté au fond d'un grimoire et dans quelques romans, si la société industrielle ne s'en était emparée au milieu du XIXe siècle pour vendre des cartes postales illustrées un peu mièvres que les récents progrès de l'imprimerie permettaient de produire en quantité, et de vendre à bas prix. Aujourd'hui encore l'amour est très utilisé dans le marketing et la publicité, alors que les ménages le plus souvent s'en passent.

Damien, un mètre quatre-vingt-quatre, soixante-quinze kilos, cheveux châtains, yeux noirs, il chausse du quarante-trois et n'a ni le nez trop long, ni le menton fuyant. Voilà des faits irréfutables que pourrait confirmer un médecin en présence d'un huissier de justice. Il a comme nous pour nom de famille Verdery, patronyme sans particule mais propre, net, que nous n'échangerions contre aucun autre.

Sans être vignerons, les ancêtres de mon mari étaient champenois. Ils faisaient commerce de charrues, de matériel d'attelage, puis de tracteurs à partir des années 1920. Mes origines sont bretonnes, paysannes, humbles au point que ma grand-mère a dû quitter les siens à l'âge de quinze ans pour servir dans une famille de Blois. Humbles et misérables, car lorsqu'elle a fait la connaissance de mon grand-père il était un jeune vagabond venu à pied de Vannes qui passait de maison en maison demander l'aumône à la porte des cuisines. Elle lui a offert une part de tourte, et dénoncée par le jardinier sa maîtresse l'a renvoyée aussitôt. À la rue, dans la chaleur entêtante d'un mois de juillet, ils se sont désirés, et la nuit venue ils se sont accouplés dans un petit cimetière dont ils avaient défoncé la porte branlante avec l'énergie de leurs dix-sept ans. Huit mois plus tard, ma mère est née de cette union, fruit vert aussitôt abandonné et adopté par un couple lassé du tête-à-tête, et trop écœuré l'un de l'autre pour tenter sa chance sur le tapis vert de la reproduction. Elle a été heureuse chez eux, je ne les ai pas connus, ils étaient morts à ma naissance depuis plusieurs années.

Mon père était issu d'une lignée de pédagogues qui d'après lui remontait jusqu'au haut Moyen Âge. Ils sillonnaient l'Europe entière à la faveur des engagements auprès des familles princières, puis seulement la France au gré des nominations dans les écoles communales et les lycées. Avec mon mari nous assumons aussi bien nos origines dont personne cependant ne pourrait nous tenir pour responsables, que notre enfant, ce Damien que nous avons volontairement commis, éduqué à notre guise, et qu'on serait en droit de nous reprocher s'il bousculait les lois, ou si à force de déplaire au monde dans lequel nous l'avons immergé à sa naissance on finissait par le mettre sur la touche.

Damien a pu prendre un kilo, ou en perdre deux, mais à son âge on ne grandit plus et on est trop jeune pour se tasser. Un mètre quatre-vingt-quatre de Damien Verdery dort dans cette mai-

—son, et non loin un mètre soixante-dix-huit de Joseph Verdery veille auprès du mètre soixante-trois de Solange Verdery, père et mère du mètre quatre-vingt-quatre assoupi. En tout, trois mètres quarante et un de parents, cinq mètres et vingt-cinq centimètres pour la famille dans sa totalité. Si je devenais veuve, notre famille tomberait aussitôt à trois mètres quarante-sept.

En revanche, si je survivais, et si Damien se mariait avec une femme d'un mètre soixante-dix, nous en serions à six mètres quatre-vingt-quinze. Seize ans plus tard, si aucun d'entre nous n'était mort, et si entre-temps Damien nous avait donné trois petits-enfants, de douze, treize et quinze ans, mesurant respectivement, les enfants grandissent vite de nos jours, un mètre soixante-cinq, un mètre soixante-douze, et un mètre quatre-vingt-un, notre famille atteindrait douze mètres treize centimètres et ne ferait que croître au fur et à mesure de la poussée des mômes. À nous tous, nous serions aussi hauts qu'un paquebot, un phare, un nuage bas dont l'ombre obscurcit les vagues.

Dans un siècle ou deux, rajoutant pour ainsi dire bout à bout les tailles de nos descendants, nous égalerions la distance de la Terre à la Lune. Nous n'aurions alors qu'à additionner les tailles de nos ancêtres apparus depuis l'aube de l'humanité, pour faire le tour de l'Univers, et si au lieu de nos tailles nous prenions en compte la longueur de nos ADN contenus dans chacune de nos cellules et les totalisions, nous l'envahirions si bien que rien d'existant ne pourrait prétendre être autre chose que nous.

Les mères se laissent emporter, Damien restera peut-être célibataire. Je l'ai mis au monde pour son bonheur, je lui ai donné la liberté en même temps que la vie. L'éducation n'est qu'une contrainte passagère, assaisonnée de tendresse, d'affection, imposée durant quelques années à l'enfant pour permettre à un adulte équilibré d'apparaître. Damien est autonome depuis longtemps, il pourrait devenir orphelin du jour au lendemain sans subir un cataclysme intérieur qui affecte sa vie professionnelle. Assistant à notre crémation vers neuf heures du matin, il passerait néanmoins l'après-midi à Toulouse au siège de sa société. L'état-major l'écouterait bouche bée faire un commentaire subtil et plein de verve du rapport trimestriel d'exploitation de la branche export.

Nous vivrions encore volontiers quelque temps, mais notre présence ne lui est plus nécessaire, et si nous l'avons félicité d'éprouver ce sentiment de lassitude envers Gisèle, nous n'aurions pas pris l'initiative de le lui suggérer, car nous accordons aussi à Damien le droit de gâcher sa vie. Il s'appartient, c'est un don que nous lui avons fait, et sur lequel nous ne reviendrons jamais quoi qu'il puisse nous en coûter.

Vous me trouvez lâche, lâche comme une mère. Ces femmes qui font gronder l'enfant par le mari, se réservant le rôle gratifiant de consolatrice quand le gamin éclate en sanglots. Ces femmes qui envoient leur mari à leur place changer un robinet et rompre tandis qu'elles arpentent les allées du Bon Marché à la recherche d'un thé rose layette vanté la veille par l'animateur surexcité d'une radio consacrée aux aliments sympathiques. Mais puisque Damien était en province ce matin-là, il nous a semblé naturel que la corvée échoie à Joseph, d'autant qu'il s'était engagé depuis de longs mois à remplacer le robinet de la cuisine où Gisèle d'ailleurs ne se démenait guère, nourrissant Damien de surgelés et de pizzas commandées par téléphone.

Pourtant rien ne m'aurait empêché de l'accompagner, et l'abandonnant à ses travaux de plomberie, de m'isoler avec Gisèle dans la chambre pour lui annoncer la nouvelle. Dans ce lieu intime, j'aurais su trouver les mots, je lui aurais expliqué tranquillement les raisons qui avaient poussé Damien à prendre cette décision. Si les larmes lui étaient montées aux yeux, je les aurais séchées, et je l'aurais consolée tendrement.

Le robinet posé, Joseph nous aurait rejointes. À nous trois nous aurions rassemblé les affaires de Damien, et nous les aurions descendues avec l'armoire jusqu'à la camionnette. Avant de la quitter, nous lui aurions offert un breakfast au champagne chez Ladurée.

Elle m'aurait appelée dans l'après-midi pour nous remercier, et me dire qu'après mûre réflexion elle comprenait à quel point le raisonnement qui avait amené Damien à décider la rupture était juste, et ne comportait pas la moindre aberration dans son cheminement d'une absolue rigueur qui était beau comme un poème. Elle m'aurait demandé de le remercier d'avoir ainsi résolu leur couple, d'avoir su découvrir à quel point il était erroné, et combien il aurait été absurde qu'ils continuent à y vivre comme des erreurs dans un calcul numérique.

Sans la perspicacité de notre fils ils auraient peut-être passé à tort leur vie ensemble, mettant au monde des enfants, comme autant de sophismes dont l'existence se serait écroulée tôt ou tard à la manière de ces ponts conçus par des architectes défaillants.

À présent, puisqu'elle accepterait de bonne grâce de ne plus handicaper l'existence de Damien, j'apprécierais le grain de sa voix et découvrirais même certains soubassements de son intelligence qu'elle m'avait si bien dissimulés jusqu'alors. Je lui proposerais de boire un verre le lendemain afin de mieux nous connaître, et nous prendrions peu à peu l'habitude de nous voir en cachette. Une amitié naîtrait, je l'emmènerais visiter des expositions pour former son goût, et au moment des soldes je lui offrirais une paire de chaussures, une robe échancrée, afin de lui apprendre à s'habiller autrement qu'en vieille étudiante débraillée.

Quand Damien serait marié depuis déjà cinq ans, et qu'après avoir longtemps tergiversé nous aurions accepté qu'il nous donne un ou deux petits-fils, je conseillerais à Gisèle de poser sa candidature lorsqu'il rechercherait une nouvelle assistante. Il ne lui tiendrait pas rigueur de leur relation d'autrefois, et l'engagerait. Durant la semaine, elle aurait le plaisir de passer auprès de lui davantage de temps que son épouse, si l'on excepte bien sûr les heures de sommeil, où le couple demeure certes dans le même espace, mais mari et femme sont alors retranchés dans leurs cerveaux respectifs qui battent la campagne chacun de leur côté.

La lumière de la lampe de chevet empêchait Joseph de trouver le sommeil, il s'agitait dans le lit pour me le faire remarquer. Mais parfois les mères se doivent de mettre à profit le calme de la nuit pour réinventer leur enfant, et l'accoucher à nouveau, nettoyé de toutes ses scories.

— J'aurais dû aller rompre à ta place, je vais appeler Gisèle pour m'excuser.

— Elle va croire que Damien a changé d'avis, et tout sera à recommencer.

— Au moins, j'aurai participé à cette rupture. Je ne veux pas que Damien puisse me reprocher d'avoir un jour failli.

— J'ai sommeil.

— Il faut que je lui parle.

— Écoute, il est déjà deux heures du matin.

J'ai éteint la lampe de chevet. Elle a sangloté en me tournant le dos. J'ai voulu lui caresser l'épaule, elle m'a repoussé en m'accusant de ne rien comprendre à sa douleur. Puis je l'ai entendue griffer le drap, crier dans l'oreiller, et je me suis endormi.

Quand je me suis réveillé, elle n'était plus dans la chambre. Je l'ai trouvée dans la salle de bains. Vêtue d'un tailleur qui la boudinait, elle se maquillait devant le miroir-loupe. Elle ne regardait que ses yeux, ses pommettes, ses lèvres. Elle refusait fermement de prendre conscience de ma présence, j'étais refoulé loin de la maison et de cette journée de novembre qui s'annonçait maussade.

Je suis descendu, Damien prenait son petit déjeuner dans la cuisine. Je me suis aperçu qu'il avait les prémisses d'une ride au milieu du front, j'en ai une à cet endroit qui le sépare en deux comme une tranchée. Nous n'avions pas dormi au même étage, j'avais dû pourtant le contaminer dans la nuit.

— Ta mère veut aller voir Gisèle.

Il buvait son café en produisant une sorte de sifflement.

— Tu devrais essayer de la raisonner.

Il s'est essuyé les lèvres avec du papier absorbant.

— En tout cas, j'espère que ce robinet ne fuit pas trop, j'aurais dû mettre un joint supplémentaire.

Il s'est levé de table.

— Tu dîneras avec nous ?

— Tu verras bien.

J'ai pris mon casque, à force d'oublier de passer à la pompe j'avais juste assez d'essence pour aller au bureau. Avec ce temps, j'avais l'impression de vivre dans un film en noir et blanc. Une journée beige en perspective dans les locaux de la société, avec des pauses marron foncé devant un gobelet de café en échangeant des propos argentés sur la rentabilité de nos nouveaux avions dont la moitié des instruments de pilotage est désormais fabriquée par de jaunes Asiatiques au salaire démocratique, populaire, rouge, pour accroître les dividendes versés à la population de nos actionnaires pour la plupart d'une blancheur de chèvre, si l'on excepte les périodes de vacances où ils s'exposent au soleil, et si l'on met à part les Noirs, les Levantins, et les abonnés à des centres de bronzage où l'on cultive les mélanomes malins comme des orchidées dans une serre.

Déjeuner avec une sorte de supérieur hiérarchique indirect, dans une famille on dirait que c'est un oncle. Il me parle hublots, il en a vu de nouveaux à Taïwan, plus robustes et moins chers. Depuis il en parle à tout le monde, et pendant les réunions il dessine des ronds sur son cahier. Je suis sûr qu'il imagine une technologie bientôt assez pointue pour équiper les appareils de baies vitrées, de toits transparents, de fuselage en verre blanc, et d'ailes en cristal pastel pour qu'ils se crashent en éclatant comme des bouchons de carafes.

Le restaurant est vaste, la cuisine moyenne, le vin aussi, un peu comme nous. Il croit que je m'intéresse aux hublots, je le laisse parler comme on subit un spot publicitaire cent fois rediffusé. Je bois le plus possible, mais ce vin exsangue m'enivre difficilement.

— Où en est le dossier ?

Il a dû changer de conversation sans que je m'en rende compte, je ne sais pas de quel dossier il parle. Je lui jette au hasard une phrase type sortie en toute hâte de mes archives mentales.

— C'est Toulouse qui va décider.

Il ne téléphonera pas là-bas pour vérifier. Il a déjà oublié, il recommence à me parler hublots. Il doit raconter des histoires de hublots à ses gosses pour les endormir, et croire sa femme séparée de lui par une double épaisseur de plexiglas. Pour briser le sortilège, il va finir par l'assassiner à coups de hache. À moins qu'il l'imagine loin au-dessous de lui, tarmac chevelu vêtu de ce vieux jeans et de ce pull anthracite dont elle s'attife quand ils sont seuls à la maison. Un jour ou l'autre il pensera atterrir, et elle aura beau crier il se laissera rebondir sur elle comme sur un pouf.

Je me suis retrouvé derrière mon bureau vers quatorze heures trente, je n'étais pas encore assez saoul pour me mettre au travail. J'ai attrapé la bouteille de whisky que je planque derrière l'imprimante. Je me suis tourné vers le mur pour boire. À présent, je me sentais d'attaque, même si je souhaitais frénétiquement qu'une pluie soudaine de long-courriers en flammes rende ce moyen de transport obsolète et oblige la boîte à me licencier pour raisons économiques.

De toute façon je ne sais même pas en quoi

consiste mon travail, je l'ai oublié le jour de l'entretien d'embauche. Je dois avoir un rôle marginal, très secondaire en tout cas, autrement ils se seraient déjà aperçus de mon manque d'enthousiasme à le jouer. Je suis pourtant bien vu à Toulouse, et on me craint à Paris. Puisque je n'ai rien à dire de concret sur tous ces projets dont je ne sais pas grand-chose, quand je suis convoqué au siège j'en suis réduit à jeter des imprécations sur un service poussif, ou un collègue trop critique sur les choix stratégiques de l'entreprise. Mon côté balance les a séduits d'emblée, très vite ils ont éprouvé le besoin de me voir chaque semaine, et le mois dernier faisant fi de l'organigramme le contrôleur de gestion a frappé à ma porte avant d'aller se présenter chez le directeur.

Je dois avoir trop bu, je dis du mal de moi comme si j'étais un autre. Je suis un rouage sérieux, j'en suis à mon quatrième job depuis ma sortie de l'école de commerce. À chaque fois, j'ai été contacté par un bureau de recrutement. On m'offrait un meilleur salaire, un poste plus élevé, et mon ex-employeur était déçu par ma démission comme par une rupture, attristé comme si je lui infligeais un chagrin d'amour.

L'alcool ne nuit pas à la qualité du travail, il est la goutte d'huile indispensable à la pensée. On domine mieux les problèmes quand l'ébriété les trouble, les voile. On ne se perd plus dans les détails, la décision est prise à l'instant, et elle en vaut souvent une autre trop longtemps mûrie. En outre quand on a bu, la journée passe plus vite. Il est dix-huit heures trente, je suis déjà dehors.

J'ai garé la moto rue de la Convention. Je ne me souvenais plus du code, je l'ai appelé. Il m'a ouvert en peignoir, j'ai filé dans la chambre. Il avait acheté un vélo d'appartement, il me l'a fait remarquer d'un geste de la main. Puis il a descendu le volet roulant, et allumé l'halogène.

— Qu'est-ce que tu attends ?

Je me suis déshabillé. Je ne me sentais pas très solide sur mes jambes.

— Dépêche-toi.

Il était pressé, sa femme risquait de rentrer de son travail d'une minute à l'autre. Je me suis incliné.

— Arrête de bouger.

Je me suis agrippé au guidon du vélo.

Je suis sorti de chez lui repu.

Je pourrais arrêter de boire pendant plusieurs semaines, mais sans pénétrations régulières je m'affaisserais lentement comme si on m'arrachait peu à peu la colonne vertébrale. Sans injection de sperme plus rien ne coulerait dans mes veines, mon cœur battrait du vide, les cellules de mon cerveau s'enverraient des signaux de désespoir, elles se donneraient le mot pour éteindre une à une toutes les lumières de ma conscience qui se ferait nuit noire.

J'étais beaucoup moins saoul, mais trop encore pour rentrer à Versailles en passant tête haute les contrôles policiers des portes de Paris. Je me suis attablé dans un café, j'ai avalé trois doubles express et autant de verres d'eau. Je suis arrivé à vingt et une heures. Ma mère parlait, mon père ne la quittait pas des yeux pour dissimuler qu'il ne l'écoutait plus depuis longtemps. J'ai réclamé à dîner, elle s'agitait, levant parfois les bras comme un tire-bouchon.

J'ai ouvert trois bouteilles de chablis. Je les ai bues assis sur le siège des toilettes. Je me suis débarrassé des cadavres par-ci par-là, et j'ai arraché une cuisse au poulet froid qui gisait dans le frigo. Assis sur le canapé, je m'amusais à regarder maman en mangeant. Elle était décoiffée, on aurait dit qu'elle sortait du lit ou qu'elle s'était chamaillée. À certains moments elle articulait si démesurément un mot que j'apercevais sa luette, elle me faisait penser à un clitoris hypertrophié pendu entre ses amygdales glabres comme des coquilles de noix. À d'autres, elle se laissait tomber dans un fauteuil avec tant de lassitude qu'on avait l'impression qu'elle allait disparaître à l'intérieur comme dans un puits. Il y avait aussi des phases où elle tournait sur elle-même, puis autour de la pièce en secouant la tête de haut en bas comme une tortue.

Elle a échoué devant moi. Elle s'exprimait, sautillait. Elle devait crier, en tout cas je trouvais qu'elle faisait trop de bruit. Je lui ai dit de la fermer. Elle n'a pas obéi. Au contraire, elle a hurlé, se plaignant d'une gifle que Gisèle lui avait administrée, et dont j'aurais pu constater la marque sur sa joue si j'étais rentré à la maison une heure plus tôt.

— Fais-moi des pâtes.

Je ne me souviens plus très bien si elle a évoqué une gifle ou un crachat, ni si je lui ai demandé des pâtes ou de la purée. Elle cherchait à m'expliquer quelque chose, à me raconter des événements, elle rapprochait son visage du mien pour être sûre de me pénétrer de ses déconvenues. Mais le sperme de tout à l'heure avait eu le temps de se diffuser à tout mon organisme, ma tête en était pleine, et il enrobait ses phrases jusqu'à les rendre presque insonores.

— Ou alors fais-moi des frites.

— De la salade de thon.

Elle parlait, et Gisèle surnageait à la surface de sa logorrhée. Elle la prononçait avec fureur comme on attaque un sandwich quand on est affamé. Gisèle comme un vaisseau fantôme une nuit de tempête, ou une tache de sang sur une clé d'argent dans un conte de fées. En tout cas c'était le mot que j'entendais le plus, les autres semblaient me parvenir de l'autre côté d'une cloison, d'un mur, d'un grand parc où la plupart se perdaient dans les arbres, les bosquets, et quand des rescapés arrivaient jusqu'à moi, ils étaient fatigués, usés, mélangés au bruit du vent, au pépiement des oiseaux, aux jurons du jardinier, aux cris des gosses, aux grincements de leurs voitures à pédales trop souvent abandonnées sous la pluie.

Elle parlait, et je me demandais si d'aventure elle ne m'avait pas accouché par la bouche, comme un nom, un article, un accord fautif dès l'origine. Lors d'un dîner de famille, elle m'avait discrètement éructé lettre à lettre en se cachant derrière sa serviette, et croyant qu'elle avait le hoquet mon père avait cherché à lui faire peur en poussant le hurlement du loup. Elle était tombée de sa chaise, évanouie sur le sol où je me trémoussais déjà, prénom braillard dont sitôt à l'air libre le corps s'était constitué. Revenus de leur surprise, mes parents avaient bien été obligés d'admettre que j'étais né, et que tout au long de sa grossesse ma mère n'avait eu dans le ventre qu'un prénom.

À moins que sorcier, magicien, je me sois accouché tout seul, à distance, dans un recoin de la chambre, ou dans le lavabo du cabinet de toilette à l'aération ronde et proéminente comme un groin, tandis que jeune couple avide de profiter de leurs derniers jours de solitude à deux, ils écumaient les brasseries, les cinémas, les théâtres, et même les cabarets interlopes où ma bedonnante mère avait un succès fou auprès des maniaques dont elle refusait les propositions en frissonnant de plaisir.

À présent, elle tournoyait dans le salon. On aurait dit qu'elle valsait en prononçant *Gisèle*, mot désormais mâle, balafré et moustachu comme un officier prussien.

— Maman, j'ai faim.

— Maman, des mots panés, des points et des virgules poêlés au beurre noir, toute la quincaillerie de l'accentuation nappée de chocolat, de vanille, de menthe.

— Des prénoms comme des côtelettes rosées, des patronymes écrabouillés, moulinés par les siècles, purée au foutre des générations craché par des milliards de couilles pendues aux aines des hommes comme les chauves-souris au ciel des grottes et des soupentes.

Maman dansait toujours, Gisèle lui murmurant à l'oreille des mots obscènes, et redevenue pucelle elle en rougissait comme une croupe sous la fessée.

— Gisèle aux pleurotes, Gisèle en gibelotte, Gisèle qui flotte cul nu dans la cocotte.

— Gisèle l'entremets, glace aux seins, granité de vagin.

Gisèle s'était évanouie, et maman reculait. Je devais dire des choses qui l'effrayaient. Elle a toujours eu peur que je perde la raison, que j'aie des bosses, ou devienne prématurément parkinsonien, presbyte, rhumatisant.

En famille on n'a jamais assez bu, on n'est jamais assez saoul. L'alcool a été inventé pour supporter les mères. Les mères chaudes, brûlantes à vie d'avoir un jour mis bas, même une conne très laide, même un fils comme moi, poivrot, pervers, paresseux, doué pour rien, sauf pour la sodomie passive et la délation.

Maintenant, elle gigotait toute seule. Elle avait l'air de parler de nouveau, le trou de sa bouche ouverte apparaissait régulièrement au beau milieu de ses lèvres fines comme des brindilles.

Je me suis levé en m'appuyant sur le bras du canapé. Je me souvenais du poulet froid, et puis j'avais besoin de boire encore. Je titubais, la cuisine me semblait loin, et j'avais beau l'apercevoir par l'embrasure de la porte, je savais qu'on l'avait exilée au bout d'un interminable tunnel. Je ne l'atteindrais qu'au matin épuisé, même si plusieurs fois dans la nuit je l'aurais crue proche au point d'imaginer pouvoir saisir la poignée du frigo qui au dernier moment disparaîtrait comme un mirage.

Mon père était debout, je me suis accroché à lui pour faire une halte. Je voyais son visage dans l'affreux miroir en bois doré. Avec ses yeux qui clignaient entre ses vieilles paupières comme des anus fatigués entre des fesses hors d'usage, et ses mains de lâche qui pendaient au bout de ses bras pareils à des bites distendues qui n'ont jamais bandé beaucoup, qui bandent mou, qui ne banderont jamais plus, il avait tout à fait la tête d'un géniteur de fils de pute.

Mon père adoré, je te chérirais encore davantage si tu venais à mon secours. Je ne quitterais plus le bercail, j'enflerais comme un chérubin, choyé et empiffré par des parents attentifs.

— Papa, encule-moi.

— Tu es complètement saoul.

— N'empêche.

Il m'a envoyé bouler, je n'ai pas insisté.

D'ailleurs, il ne m'avait jamais plu, avec ses épaules étroites, son torse grêle, son sexe large et court. Gamin, j'imaginais que s'en échappaient de microscopiques poupons en pâte à modeler qu'il pulsait dans ma mère et dont j'étais l'unique survivant.

Elle s'était contentée de lui, et lui s'était contenté d'elle, une union, toute une vie, la bonne odeur de l'amour qui monte du patrimoine accumulé, du fils résiduel qui en héritera, du testament rempli d'humilité dont on s'enorgueillit en imaginant ses cendres jetées au vent sur les berges de la Seine, du Tibre, du Danube, ou mêlées à la panade destinée à nourrir un poulailler jouxtant une auberge en piteux état aujourd'hui, mais où on a passé jeunes mariés d'inoubliables séjours à courir la campagne comme une paire de chiens fous.

Mon père avec son unique verge, pareil aux autres hommes, pauvres de cet organe qui ne repousse guère, comme si on n'avait qu'un pouce à la place des mains, une dent, un seul cheveu, fragile, prêt à nous faire faux bond au moindre coup de peigne. Mon père honteux de n'avoir jamais réussi à devenir une mère acceptable, à n'avoir même pas osé tenter de troquer son tablier de bonniche contre une petite robe de maîtresse de maison.

Mon père debout au milieu du salon comme un lampadaire aux lampes grillées, ma mère brûlant sans vergogne tous les kilowatts du ménage, illuminant les alentours avec la verve d'une explosion nucléaire. Ma mère bouche ouverte, silo de mots, de phrases redoutables comme des bombardements nocturnes au-dessus de Washington, Moscou, Londres, Paris, maman lumière, maman qui tue. Je vois ses mots qui brillent, ils jettent des étincelles, des flammes qui courent sur le plancher, qui tournent autour du canapé, qui s'engouffrent dans les tranchées où nous nous croyons à l'abri depuis le début du conflit. Elles lèchent notre matière grise, nous grillent le cerveau. Nous rampons à découvert, tandis que la bataille atteint son apogée, et je tombe sous des tirs d'artillerie de mots de mère, soulagé, heureux peut-être, préférant périr à l'instant que mérir, comme un petit mot autrefois vaginé, tétant sa génitrice à jamais, enfermé dans une phrase impossible à comprendre, à traduire, comme une formule mystérieuse, codée par un physicien solitaire, schizophrène, mort d'une commotion un soir dans l'ambulance qui le ramenait à l'hosto.

Maintenant, on avait emporté la cuisine. Ma mère avait dû la mettre dans sa poche ventrale, elle sautait dans le jardin sans se soucier du bruit des casseroles qui valdinguaient avec la vaisselle, ni celui du frigo porte grande ouverte qui dégueulait provisions et restes de poulet froid.

Mon père s'était assis, regardant à la télévision maman en train de quitter son corps de kangourou et pondre une cuisine neuve, brillante, et si proche que j'aurais pu l'atteindre en quelques pas. Mais le parquet m'éblouissait, le plafond aussi, la lumière cinglait, mon cerveau comme un néon blanc m'empêchait de voir, de penser, d'exister.

La lumière a fini par s'amenuiser peu à peu. J'ai atteint la cuisine. Le tire-bouchon m'a semblé d'un maniement extrêmement complexe, j'ai enfoncé le bouchon avec un couteau. Maman braillait, obsédée par cette fille que j'avais oubliée avant de l'avoir connue, à moins que je m'en souvienne, qu'elle teinte mes pensées comme de la cochenille, et que je l'imagine à la place de chacun des pénis qui m'enculaient, ou noyée entre les poils dorés de l'Anglaise dans laquelle je m'enfonce chaque week-end pour rester malgré tout du côté des femmes, dans le clan des vagins, des pisseuses de bambins, des mamans, des trous à galopins.

On ne transvase jamais assez vite le vin de la bouteille à l'ivrogne, et puis l'alcool lambine avant d'anéantir. Je l'entendais encore, ses mots semblaient accrochés les uns aux autres comme les wagons bâchés d'un train de marchandises dont on ignore la nature du fret et qu'on regarde à peine traverser le pont de fer qui enjambe les restes d'une rivière asséchée, tandis qu'attablé en plein mois d'août à la terrasse d'une gargote on essaie d'être assez saoul pour oublier le dégoût qu'on éprouve devant ce paysage champêtre. Des wagons bâchés, des wagons plombés, et puis un train fantôme qui se passe de pont, de paysage, qui survole la gargote écroulée, aspirée au fond d'un cratère, et on devient mine, filon noir, perforé par les pioches, sans compter que la Terre tourne trop vite pour une planète que des milliards d'années devraient avoir depuis longtemps assagie.

Je me suis fait animal préhistorique, mon cou est devenu assez long pour affleurer. Damien vaguement dinosaure d'avoir trop bu, avec des yeux aux faisceaux comme des lances, piquant père et mère comme des pickles, des olives, des saucisses de cocktail, charcuterie apéritive tranchée à même l'ascendance. La famille, porcherie ancestrale, et aujourd'hui entreprise de salaison ultramoderne, à la chaîne du froid jamais interrompue, jambon de père, tranché, daté, sous blister, tripes de maman, en bocaux, en barquettes, avec les produits frais à côté des yaourts, et moi le fils comme du gras arraché, en rade sur le bord de l'assiette, relégué dans la boîte à ordures, abjecte villégiature auprès des kleenex, des trognons, des coquilles d'œufs de poules élevées en batteries, et consommés la veille avec du riz sauvage, multicolore, scintillant comme les pensionnaires des joailliers étendus dans leurs écrins, rêveurs, perdus dans un sommeil profond, mélancolique, pareils à ces mômes allongés dans les dortoirs dévorés du regard par des pions concupiscents comme ces clientes mûres, en arrêt devant les vitrines de la place Vendôme, imaginant le plaisir d'enfiler cette bague au solitaire rosé comme un champ de neige au soleil levant, ou de se parer de cette rivière de diamants bleus comme l'eau du bain dans lequel elles passent des après-midi entiers à feuilleter des magazines de décoration, ou à buller comme des carpes en buvant du café glacé et en fumant des joints mal roulés par leur bonne janséniste qui les dénonce en vain chaque jour au planton du commissariat de la rue Poncelet.

Mes parents n'étaient qu'une charcuterie symbolique, et peu roborative. Il me fallait ramper jusqu'au frigo, et lorsque la chair du poulet se trouverait dans mon ventre, ma faim gambaderait sans moi, chevauchant la carcasse dans le sellier, la cave, à moins qu'elle préfère se reposer jusqu'au lendemain dans le panier à fruits entre les bananes et la nichée de kiwis qui les recouvrait à moitié.

Frigo, donne-moi la main, montre-toi caritatif, humain. Mais je n'avais que peu d'espérance, cet appareil blanc, hautain, me toisait de sa poignée luisante où se reflétait ma mère, où s'écrasaient ses mots comme des volées de suicidaires sur un trottoir chromé par une mairie prodigue à l'occasion des fêtes de fin d'année. Parfois même, le frigo changeait de pièce, s'allongeant sur le canapé du salon, se barricadant dans une chambre où il rêvait de plages, revenant bronzé, ou à l'état d'insupportable bruit de banquise en train de s'effondrer.

Maman me prenait par le cou, en tout cas il y avait une sorte de main à la base de mon occiput, et des mots qui me coulaient dans l'oreille comme du sang.

Gisèle remontait à la surface de mon crâne, coupe remplie d'alcool, débordante de foutre, avec son sourire, son corps, Gisèle toujours meurtrie, Gisèle à la joie émouvante, discrète, en pointillé, à la joie fragile comme une enfant malade, pâle, qu'on hésite à promener au soleil si le vent souffle, qu'on couche au moindre rhume, et qui sourit malgré tout quand on lui découpe des étoiles, des biches, des oiseaux, dans du papier doré, du carton qu'elle colorie, qu'elle peint, tachant les draps, secouant en riant le pinceau au-dessus de la moquette, peignant l'ampoule de la lampe de chevet, petit jour jaune, vert, nuit presque absolue, avec des filaments de lumière qui lui semblent se courir après sur la photo qu'elle prend d'eux en battant simplement des paupières.

Le frigo faisait les cent pas dans le couloir, maman était allongée au plafond comme sur un sofa. Ses seins pendaient comme des lanternes, sa vulve était avachie au point d'englober la table, de gober les chaises, d'effrayer mon père qui se réfugiait dans le placard à balais.

Maman, astre mort. Gisèle, lumière, petit soleil, et moi qui m'en protégeais avec un bouclier, une ombrelle, qui me barbouillait d'écran total pour que ses rayons ne me pénètrent pas. Gisèle, le courage d'aimer, le bonheur de sauter dans le vide pour le plaisir de se sentir voler. Damien qui aimera une autre fois, il y a longtemps, demain, jamais. Damien qui n'aime personne, qui préfère le vin, le sperme et les vagins.

Maman soudain debout sur le plafond, qui

filait le long des murs comme une blatte, avec cette bouche dont les phrases dégageaient maintenant une odeur d'essence, et nous n'étions plus avec mon père qu'un piston et une bielle. Une étincelle aurait suffi pour que la cuisine démarre, et aille s'encastrer dans un semi-remorque sur l'autoroute A4.

Garé à sa place habituelle entre la cuisinière et le lave-vaisselle, le frigo était de retour. Je luttais pour le rejoindre, mais je glissais sur le sol gelé, car maman à présent pleuvait une pluie froide et verglaçante.

Puis elle s'est réchauffée tout à coup, illuminant la pièce d'une éclaircie, de celles qu'affectionnent les citadins quand ils rentrent d'une promenade en forêt avec leur gamin endormi dans la poussette, tant il est épuisé d'avoir marché pour la première fois hors du parallélépipède de l'appartement.

La glace a fondu, se faisant vapeur, transformant la cuisine en hammam. Allongé sur le dos, respirant profondément, j'espérais que mon cerveau finirait par transpirer tout autant que ma peau, purgeant la pensée de ses toxines et des angoisses parasites qui empêchent même l'ivresse d'être tout à fait le bonheur.

La chaleur m'a déshydraté, je n'avais plus pour nicher ma conscience qu'un champignon séché dans la tête. J'ai poussé un cri presque silencieux, tant j'étais tari, tant le flot de salive qui irrigue les bouches de l'humanité, qui leur permet de parler, de mentir, de se confier des secrets pas toujours trahis, de se murmurer à l'oreille des mots d'amour, de couler dans les micros des discours, des chansons, la mélopée des infos, ce flot qui irrigue les conversations des badauds observant de loin un cercueil sans cesse entrant et ressortant d'une église comme un sexe de bois vernis pour les besoins d'une série télévisée sur la pègre des années soixante, ce flot qui lubrifie les disputes des familles atta-blées autour d'une tarte maison qui étouffe comme de la ouate. Tant ce flot refusait désor-mais d'éclabousser mon palais de la moindre goutte.

Ma mère a explosé, le souffle m'a rapproché suffisamment du frigo pour que je puisse m'accrocher à lui. Passé cette première déflagra-tion, elle a continué à tonitruer, mère à frag-mentation, maman planétaire comme la guerre à laquelle vous avez survécu par malchance, et vous lisez ces lignes trouvées par hasard sur une

175

feuille volante, en mâchant la chair grillée d'un type que vous avez vu passer effaré près de votre abri, et que vous avez chassé avec le morceau de poutrelle d'acier qui vous sert de matraque.

Maman reconstituée prononçait *Gisèle*, me l'enfonçant partout comme un stylet. J'étais couvert de plaies, et plus assez saoul pour que l'alcool m'anesthésie. Le casier à bouteilles s'étendait sous la fenêtre, paisible, bienheureux. Mais il aurait fallu que je fasse quelques pas avant de l'atteindre, le voyage aurait été trop long. Je me suis attaqué au frigo. Il était renfrogné comme un coffre, j'ai dû m'arc-bouter pour l'ouvrir. Il y avait un pack de bières derrière un pot de fromage blanc, j'ai réussi à l'ingurgiter. Quand parfois je reprenais ma respiration, j'en profitais pour planter mes dents dans le poulet qui a fini par tomber à terre. Je regrettais que les aliments ne soient pas serviles, qu'ils ne sautent pas dans la bouche quand on les hèle.

J'avais mal au cœur. Jamais je ne pourrais parvenir jusqu'aux toilettes. Du reste, elles avaient peut-être pris la fuite, ou se cachaient comme des gamines au fond de la piscine, ce qui leur arrivait certaines nuits, même si on les retrouvait fidèles au poste le lendemain matin.

L'autocuiseur était à ma portée, solitaire, laqué de rouge, abandonné par incurie sur la table de cuisson loin de l'obscurité du placard où il aurait dû reposer auprès des siens entre deux pot-au-feu et une daube. Quand j'ai eu déversé en lui le contenu de mon estomac, j'ai reposé le couvercle et je l'ai revissé.

Le volume sonore de maman était en chute libre, la lumière de la cuisine devenait bleue, rouge, orangée, crépusculaire, et le frigo fondait comme un bonhomme de neige sous les derniers rayons de ce soleil tropical en tournée à Versailles avec des acrobates, des lions, des magiciens, ce soleil qui s'était échappé pour nous rendre visite, car nous avions sympathisé avec lui lors d'une semaine de vacances à Fort-de-France en février 1993.

Le sol avait dû aller se coucher, en tout cas il s'était dérobé. J'avais le vertige, je m'accrochais à mon père pour ne pas tomber dans le gouffre. Au fond, des Étrusques remontaient une rivière souterraine, tandis que Louis XIV aimait à se faire couper la langue par une marquise. Des gouttes de sperme chantaient autour de lui, comme des *mi*, des *fa*, des *ré*, roulés dans la farine par un cuisinier mélomane, amateur de bel canto, et depuis l'an dernier en ménage avec un castrat. Des gouttes de sperme qui de temps en temps éclataient de rire avec cette pureté, cette innocence, des demeurés et des saouls.

Je voyais aussi Gisèle à la surface d'une ville dense, lumineuse, dont les tours épousaient la forme de son corps comme les ressorts d'un matelas. Elle était joyeuse, triste, en colère, paisible comme une morte, en suspens au-dessus des destinées qui se poursuivaient dans les logements, les bars, les rues, et je la regardais sans l'aimer, avec l'indifférence qu'on voue aux enseignes, aux balustrades, aux trottoirs qui dégringolent, qui grimpent en se pressant pour ne pas se laisser distancer par les caniveaux.

J'éprouvais envers elle cette haine épaisse et blonde comme le miel, légère et noire comme les cinq cents poils de sa touffe, touche de gouache pudibonde pour cacher l'entrée du détroit où mon sexe se réfugiait au milieu des fontaines, dans le brouhaha de l'organisme qui peu à peu se taisait, devenait silencieux comme une forêt immobile entre la nuit et l'aube. Tandis que nous jouissions quelque part, ailleurs, loin de nous, vents contraires unis dans un tourbillon éphémère au-dessus des océans, des landes, des métropoles étendues à l'autre extrémité du planisphère, avant de retomber en nous comme deux cailloux, de nous haïr à nouveau, de nous aimer encore, de nous lever ensemble comme un couple d'humains, d'échanger des tasses, des verres, des paroles en l'air qui s'échappaient par la fenêtre entrouverte, des sourires qu'on n'avait pas le temps de voir passer, des rires qui rejoignaient dans le square les aboiements des chiens, des regards qu'on aurait tant voulu garder pour nous et qu'on pourchassait de pièce en pièce quand ils s'envolaient comme des papillons.

Dès le premier jour je l'avais haïe d'un amour fou, je l'aimais avec la haine de ceux qui n'aimeront jamais personne. À moins que je m'invente ces sentiments aujourd'hui. Je me bornais peut-être à la côtoyer comme une voisine de palier dont un maçon venu renforcer un mur maître aurait abattu par erreur la cloison mitoyenne, comme une collègue qui partagerait mon bureau le temps de la réfection de l'étage où se trouve d'ordinaire son service.

Gisèle était tout de suite devenue une habitude, bonne les premiers mois, puis de plus en plus exaspérante. Je me cognais à elle dans l'appartement en faisant semblant de la reconnaître pour ne pas la blesser en lui demandant ses papiers et sa fonction dans mon existence. Je l'aimais comme on aime quand on est ivre, je m'accrochais à elle dans le couloir, je la suppliais de se mettre à boire aussi, afin que notre amour soit mutuel en toutes circonstances. Si elle avait suivi mon conseil, elle non plus ne m'aurait plus reconnu. Souvent, elle aurait tâté mon visage comme une aveugle un peu sourde qui cherche son mari dans un cocktail, et malgré l'évidence, elle m'aurait pris de temps en temps pour sa sœur, cherchant à m'arracher le sexe pour rendre son fantasme crédible, puis s'endormant en murmurant le nom d'une jeune Eurasienne dont elle avait été amoureuse à quinze ans.

Les matins où elle critiquait mon alcoolisme, je lui reprochais son absence de solidarité qui tôt ou tard dissoudrait notre couple. Elle devait s'habituer à boire dès l'aube, comme moi il fallait qu'elle refuse catégoriquement de vivre à jeun. En attendant elle était sobre comme les bêtes condamnées à affronter la réalité avec une lucidité imbécile, un regard acéré, une ouïe toujours aux aguets, êtres inférieurs et démunis, plongés sans chloroforme dans le vitriol ambiant, en phase avec la nature, l'écosystème où ils sont enfermés, même si c'est une ville, une niche, ou un panier.

Pour ne pas me perdre, elle s'était mise à

verser du cognac dans chacune des innombrables tasses de thé qu'elle buvait dans l'après-midi, et certains jours elle en mettait dès potron-minet dans son café. Je la récupérais le soir surexcitée ou déliquescente, écroulée en un tas informe sur le tapis du salon, ou dans le couloir comme un ballot de vêtements en partance pour le tiers-monde. Je détestais ce reflet de moi, et j'enrageais de lui ressembler à ce point-là. Après quelques verres, je me couchais en projetant de rompre comme on prémédite un assassinat.

Mais ce n'est peut-être pas de Gisèle dont je vous parle. Les femmes se ressemblent tout autant que les hommes, et je n'ai jamais attaché plus d'importance à celles dont je partageais la vie qu'à ceux dont le pénis venait au secours de mon aspiration permanente à la sodomie. Je croise des femmes, des hommes, devant, derrière, des populations aux fonctions différentes, mais formées d'individus en file indienne que je ne trouve pas toujours nécessaire de dissocier les uns des autres.

Le sol de la cuisine avait repoussé, Gisèle gouttait dans l'évier. Je fermais les yeux pour ne pas la voir, mais je ne pouvais m'empêcher de l'entendre. Mon père riait, il évoquait encore cette histoire de robinet qu'il avait posé chez elle avant de lui transmettre ma décision.

Gisèle était en furie, jetant de si violentes paroles que sous la houle je me balançais d'avant en arrière comme un rocking-chair. Ma mère essayait d'intercéder en ma faveur, lui assurant que le bonheur ne suffisait pas à combler un homme, et que plus tard j'aurais eu honte d'avoir fondé une famille avec une femme presque aussi vieille que moi.

— En plus, vous n'êtes pas riche.

— Damien est enfant unique, et dans les années quatre-vingt nous avons spéculé comme des hyènes.

— Nous possédons aujourd'hui trois immeubles en plein centre de Versailles.

— Nous avons des parts dans une usine d'armement.

— Nous jouissons de vivre au-dessous de nos moyens, comme d'autres de parfaire leur ruine en donnant une dernière fête dans les jardins de cette villa de famille du Cap-d'Antibes avant d'y mettre le feu pour ne laisser qu'un tas de cendres à leurs créanciers.

— Le soir dans notre lit, nous allons jusqu'à former le projet de quêter dans le RER, vêtus de vêtements puants achetés à d'authentiques SDF, pour jouir encore davantage.

— Vous ne pouvez pas imaginer le plaisir qu'on peut éprouver à être riche sans avoir l'air de rien.

— Damien ne doit pas s'appauvrir par son mariage.

— Vous l'aimez, pauvre Gisèle, mais l'amour est une valeur impossible à négocier, et chaque seconde qui passe est un krach qui l'amenuise inéluctablement.

— Ou alors il aurait fallu que vous soyez belle, intelligente surtout, que votre petite personne représente à elle seule un capital.

— Nous avons essentiellement besoin d'une

gestionnaire avisée, Damien est infantile, et quand nous serons morts son épouse devra nous remplacer.

— Et maintenant, Gisèle, regagnez vos pénates sans attendre. Par la bonde, le trou des toilettes, le câble du téléviseur, ou alors suintez dans un sac-poubelle et fermez-le vous-même quand vous serez à l'intérieur, afin que la femme de ménage n'ait plus qu'à le jeter demain matin avec le reste des ordures.

Maman avait beau dire, à force de goutter Gisèle récupérait toute sa densité de personne humaine. Elle ne se contentait plus de parler, elle avait assez de force pour me griffer le visage, et secouer ma tête en s'agrippant à mes oreilles comme si elle cherchait à dégonder mon cerveau, à le faire brinquebaler comme un morceau de sucre perdu dans un sucrier acheté aux puces dont on n'arrive pas à arracher le couvercle.

Elle enfonçait aussi ses doigts dans ma gorge, si profondément que j'en étais ébranlé au point de lui vomir au visage tout le sperme que j'avais reçu en fin d'après-midi. Un sperme devenu abondant, d'une blancheur bleutée, qu'elle recevait par vagues, comme par paquets de mer, et elle disparaissait peu à peu sous la marée montante.

Quand elle est réapparue à la surface, elle était gonflée comme une noyée après un séjour de quarante-huit heures dans une cuve remplie de foutre. Dès que le niveau baissait, ma mère nettoyait à grande eau le carrelage, mon père remplissant des seaux, des bassines, donnant des coups de pied dans le corps, enjoignant à Gisèle de filer au plus vite en usant avec astuce de sa très faible mobilité de morte.

Excédée, maman a fini par lui enfoncer un couteau au niveau de l'ombilic, et elle s'est vidée peu à peu. Redevenue assez svelte pour ressusciter, elle s'est levée d'entre les morts. Dressée sur ses ergots, elle aurait aimé continuer à me vilipender, mais au lieu de paroles ne sortaient de sa bouche que des petits nuages pâles, gluants, trop lourds pour rester en suspension dans l'air, qui s'écrasaient sur moi comme des flocons flasques.

Lui montrant la fenêtre qu'elle avait ouverte à deux battants, maman lui a ordonné de partir. Je savais que Gisèle ne s'envolerait pas, elle aurait pu planer si nous avions été à l'étage, mais sans une paire d'ailes il lui était impossible de décoller d'un rez-de-chaussée. D'ailleurs elle n'avait pas l'intention de nous quitter, et elle abreuvait ma mère de paroles sourdes et poisseuses. À bout de nerfs, maman a essayé en vain de la prendre en poids pour la jeter par-dessus bord.

J'aurais voulu que la cuisine cesse de gîter, de tanguer, j'avais beau m'accrocher aux meubles, j'étais projeté violemment d'une paroi à l'autre comme un tonneau au fond d'une cale. Nous avions levé l'ancre, nous voguions déjà loin du quartier où cette maison avait été bâtie vingt-cinq ans plus tôt par un promoteur qui ne connaissait pourtant rien à la construction navale. Versailles, avec son boulevard de la Reine, son avenue des États-Unis, fleuves de sperme que nous descendions en éclaboussant les derniers passants, les vitrines des banques et des boutiques, bifurquant par les vieilles rues devenues étroits canaux d'une lagune charriant un foutre lourd comme le mercure, où tous feux allumés roulaient des voitures épuisées, mélancoliques, à la recherche d'une place pour la nuit après toute une journée de travail qui ne leur avait même pas apporté la fortune. Nous les emportions avec nous, rangées côte à côte dans le garage, tels des jouets dont les figurines derrière les volants baissaient la tête l'une après l'autre, comme si elles avaient fini par faire fondre leur plastique à force d'abattement et d'infinie tristesse.

Défonçant la grille, la maison a pénétré dans le parc, où les allées dessinées par Le Nôtre zigzaguaient à son approche. Elle a atteint le château inondé de foutre comme le visage d'une femme aimée, avec ses trois cent sept fenêtres aveuglées, morveuses, pleurant des larmes brillantes, blêmes, chargées de siècles, d'intrigues, de sang, de rois, de favorites qui s'arrosaient de poisons, et s'administraient nuitamment des coups de dague dans les corridors, les escaliers dérobés. Elles mouraient pour un regard que leur avait adressé le monarque et dont elles étaient encore à ce point ébaubies qu'elles circulaient sans dame de compagnie, sans le moindre valet, sans même un bougeoir pour jeter une lueur sur les parois obscures.

La maison rêvait de fondre sur le château, de mélanger ses affreuses pièces aux boudoirs, à la galerie des Glaces, ou d'exploser à la gueule de ce World Trade Center antédiluvien comme une bombe salvatrice qui le transformerait enfin en champ de ruines que des générations d'étudiants en histoire pourraient fouiller comme des taupes et joncher de mégots et de hamburgers à moitié rongés.

Il s'est mis à pleuvoir. Il pleuvait déjà sans discontinuer depuis plus de six mois un sperme épais, plâtreux, aux spermatozoïdes énormes, agiles, malins. Ils se passaient d'ovules pour vivre leur vie, ils sautaient autour de la maison avec la bonne humeur, la grâce, des poissons volants, des dauphins, des danseuses aquatiques du cinéma hollywoodien. Versailles était englouti, Paris avait disparu, le déluge noyait l'Europe comme les autres continents, et nous étions les seuls survivants dans la maison qui allait son train comme une arche moderne, rapide, fendant les flots malgré les orages, les tempêtes. Nous étions sûrs que le soleil se lèverait un jour, éblouissant comme le flash d'un paparazzi sur l'éjaculat d'une célébrité.

La maison est revenue, elle s'est mise en cale sèche dans le jardin. Maman criait, pourtant Gisèle semblait avoir disparu. Je n'étais plus dans la cuisine, je n'étais dans aucune pièce en particulier. Je me déplaçais pour éviter de stationner dans les flaques alimentées par les embruns que je persistais à balancer gueule ouverte. En hurlant maman écopait avec une serpillière, papa la suivait avec un seau en émettant des paroles à voix basse.

J'avais soif, l'estomac me brûlait. On avait essayé de me monter à l'étage, j'avais réussi à me libérer. À force de petits bonds j'étais parvenu dans la buanderie, une corbeille à linge avait absorbé une lame de fond et je m'étais endormi quelque part. Je me suis réveillé au milieu du couloir, maman tournait autour de moi comme un Peau-Rouge. Papa essayait de la rattraper, je voyais son seau jaune pâle tourbillonner comme une lune d'opéra, qui se déplace au rythme des percussions tandis que l'actrice au bout du rouleau déclame son agonie, et meurt en se prenant les pieds dans les cordes des violons, des altos, des contrebasses, qui l'enveloppent peu à peu comme un suaire.

Je suis arrivé à me débarrasser d'elle, à divaguer vers la cuisine. Je l'apercevais là-bas, lumineuse comme un grand magasin décoré pour les fêtes. Le casier à bouteilles avait le regard indulgent des mamies toujours prêtes à donner des bonbons à leurs petits-enfants obèses, au bord de l'indigestion, après les trois repas gras et sucrés qu'elles leur servent successivement pour les empêcher de périr d'ennui les mercredis après-midi où elles en ont la garde.

Le casier à bouteilles, avec ses yeux rouges, blancs, argentés, dorés, et son bois auburn comme une longue chevelure percée de larges trous par un coiffeur fou. Île plantée à l'horizontale d'arbres tout en tronc, à la sève nourricière, infirmière, qui faisait des efforts pour me rejoindre, pour se donner à moi.

À plat ventre, m'accrochant à une commode, au chambranle, au tuyau du radiateur, je suis parvenu jusqu'à lui. J'ai attrapé une bouteille, mais je n'ai pas eu la force de la fracasser contre le mur pour en laper le contenu. Maman était au-dessus de moi, avec sa bouche béante dont je distinguais le palais aux nervures tourmentées comme les veines d'un pénis. Elle criait.

Tandis que pour la deuxième fois la maison levait l'ancre, disparaissait à l'horizon, emportée par la bourrasque, ballottée au gré des courants, latitudes et longitudes la tirant à l'occasion comme une flèche qui atteignait le pôle ou sautait dans l'espace contaminé lui aussi, l'espace devenu liquide, gluant, la lumière du soleil peinant à transparaître comme au travers d'un épais vitrail blanchâtre. Notre habitation traversait en sous-marin ce milieu hostile, son étanchéité était mise à rude épreuve, et maman recommençait à éponger les flaques en hurlant comme une émeute.

À vrai dire, je n'avais pas bu grand-chose. À treize heures j'avais déjeuné avec un informaticien d'une société de maintenance, et nous avions partagé une demi-bouteille de brouilly. Ensuite, je n'ai pas quitté mon bureau de l'après-midi. Avec ce nouveau logiciel d'analyse financière si précis et si capricieux, je ne peux pas me permettre de relâcher mon attention, même pour aller chercher un thé ou me rendre aux toilettes quand le besoin n'est pas impérieux. Je ne suis sorti qu'à dix-neuf heures. J'avais mal à la tête, je suis entré dans une pharmacie acheter de l'aspirine. J'ai fait une halte dans un café, le temps de boire un coca et de laisser passer le flux des banlieusards.

Je suis rentré à la nuit, une des ampoules de mon phare est morte sur l'autoroute. Ma mère était très agitée, elle zappait en regardant fixement par terre tandis que mon père mettait le couvert sur la table de la cuisine. J'en avais assez de vivre chez eux, mais ils ne se démenaient pas beaucoup pour éplucher les petites annonces et visiter les agences. Je n'avais même pas déballé mes affaires, le soir j'étais exténué, et en fin de semaine je partais à Londres afin de changer de langue le temps d'un week-end, et m'amuser sexuellement avec une amie dont le mari était de permanence au Foreign Office.

— Damien.

Ma mère avait levé les yeux vers moi tout en continuant à faire défiler les canaux.

— Je suis allée voir Gisèle.

Je me suis mis à table, mon père s'est assis lui aussi. Nous avons subi le bruit du micro-ondes, puis elle a apporté le repas. Encore une quiche, ou une tarte à l'oignon, avec un concombre à la crème ou une salade de tomates farineuses et molles. Ensuite, fromages, pommes, et une avalanche de mousses au chocolat que son supermarché avait dû lui proposer le matin à un prix d'appel.

J'avais sommeil, je dormais déjà, je confondais les yeux de ma mère avec les oreilles de son mari, et mon père avait sûrement dans son slip la paire de seins sexagénaires que sa femme exhibait au bord de la piscine à la moindre occasion.

J'avais envie d'aller me coucher, j'ai quitté la table. Pendant tout le dîner j'avais dû subir la plainte maternelle, sorte de cri articulé, rempli de mots à ras bord, racontant son humiliation d'avoir eu claquée à la gueule la porte de Gisèle à qui elle venait faire une visite inopinée. Pour moi Gisèle était lointaine, plusieurs semaines m'en séparaient, et ma mémoire est courte, je suis trop indifférent pour vivre dans le souvenir.

J'ai fait un signe de la main qui valait un bonsoir. Ma mère a essayé de me retenir, elle voulait que je l'accompagne samedi pour exiger des excuses. J'ai secoué la tête, je suis monté dans ma chambre. Je me suis brossé les dents, et quand j'ai eu posé ma montre sur la table de nuit je me suis aperçu que je bandais.

J'ai regardé un porno sur le lecteur que je m'étais amusé à faucher à un copain qui donnait une soirée pour fêter son arrêt de travail pour dépression nerveuse. À mes moments perdus, j'avais injecté dans le disque Gisèle et mon amie anglaise que j'avais souvent filmées dans d'assez nombreuses positions pour qu'elles puissent s'intégrer quelle que soit la scène, avec leurs visages et leurs propres particularités anatomiques.

J'aurais pu intégrer aussi mon image, de la sorte j'aurais eu le loisir de les baiser toutes les deux à la fois à l'intérieur du périmètre de l'écran, phénomène qui ne s'était jamais produit dans la réalité. Mais je répugnais à me voir exporté, dupliqué, je me considère comme un document original, unique, alors que d'une façon générale les gens me paraissent appartenir à une race aux exemplaires aussi difficiles à distinguer les uns des autres qu'un pigeon gris d'un autre pigeon gris. Il est vrai que les femmes se différencient des hommes, j'aime leur apparence, leurs organes. Même si elles passent pour laides, je couche toujours volontiers avec elles. À mes yeux, elles se ressemblent toutes comme des jumelles monozygotes. Cependant, il n'est pas impossible que j'aie mes préférences, comme les buveurs préfèrent le côtes-du-rhône ou ne jurent que par le bourbon.

En tout cas, ce soir-là je regardais Gisèle offrir son sexe à la langue épaisse de mon Anglaise volage, pendant que trois hommes se démenaient autour d'elles afin qu'aucun de leurs orifices ne se sente orphelin. Je n'ai pas tardé à éjaculer, j'ai jeté les mouchoirs en papier et je me suis couché.

Je me suis levé à sept heures, le réveil n'avait pas encore sonné. D'accord, je m'étais branlé la veille, mais cette histoire de vidéo me semblait d'autant moins vraisemblable que je ne désirais ni Gisèle ni cette Anglaise qui n'avait jamais existé.

Ma mère m'a alpagué pendant que je pressais une orange. J'ai senti qu'elle éprouvait une réelle souffrance de n'avoir pas rompu à la place de mon père. Elle était persuadée qu'il s'était montré maladroit, presque brutal. Elle pensait de son devoir de faire oublier à Gisèle cette rupture au couteau, alors qu'elle utiliserait un scalpel qui laisserait une cicatrice presque invisible, comme le souvenir d'une égratignure, d'une éraflure, d'une piqûre d'épingle, qui ne laisserait pas de cicatrice du tout. Elle aurait voulu que je l'appelle pour lui laisser supposer, non pas de l'amour fou.

— Elle ne te croirait pas.

Mais un doute sur l'état véritable de mes sentiments envers elle.

— Un mot suffirait, appelle-la simplement pour lui dire bonjour.

Elle m'accablerait de reproches, ou alors elle essaierait de me culpabiliser d'une voix désarmante. Elle avait dû très mal prendre ma décision, même si on lui avait changé pour la peine ce vieux robinet dont le goutte-à-goutte devenait un supplice dans le silence de la nuit. À cette époque, nous avions beau vivre encore sous le même toit, je l'avais déjà oubliée depuis longtemps. Mon père s'était simplement chargé de classer son dossier à ma place.

Je n'en voulais pas à Gisèle, j'avais vécu avec elle sans enthousiasme, sans dégoût, tout comme je cohabitais depuis quelques semaines avec mes parents. Comme n'importe quel couple, nous mangions, nous dormions ensemble, nous avions des activités sexuelles, il nous arrivait même le dimanche de faire l'amour au soleil sur le canapé du salon. Chez mes parents, rien ne m'empêchait de pratiquer la masturbation sur mon lit. Il y avait sûrement une différence entre les deux procédures, mais elle m'échappait.

La conversation de ma mère m'insupportait parfois. De la bouche certes plus jeune de Gisèle, jaillissaient aussi à l'occasion une volée de paroles agaçantes que je n'écoutais pas davantage et qui se perdaient aux quatre coins de notre logement comme des odeurs de cuisine. Mon père me prenait trop souvent par l'épaule, comme si nous avions quelque chose à nous dire, mais Gisèle se collait à moi sans cesse, cherchant ma langue en dardant la sienne, caressant mon dos, s'accrochant à ma bite comme à sa dernière planche de salut, les nuits où elle craignait un tremblement de terre, une pluie de feu, la guerre générale et l'apocalypse.

Si j'avais pu les formaliser, les introduire dans un tableur, j'aurais constaté que les nuisances générées par Gisèle et celles qui m'étaient infligées par mes parents, s'équivalaient. En revanche, la vie que je menais chez eux avait l'avantage d'être plus confortable, même si la cuisine de maman laissait souvent à désirer. Et puis je découchais, sans avoir à mentir, ou supporter des scènes qui m'épuisaient d'autant plus que je rentrais brisé de mes escapades.

Quand mes parents mourront, ils me laisseront assez de capital pour que je puisse engager une domestique. Je la choisirai souriante, réservée, avec un physique avenant, mais sans excès, pour éviter d'être soumis à la tentation et compliquer nos rapports. La maison sera toujours propre et ordonnée comme un hôtel, un hôpital, on m'y accueillera avec le respect dû à un client, un riche malade à qui on apporte sa collation à pas de loup pour éviter d'endolorir ses tympans sensibles comme de la peau de gland.

Maman m'a suivi dans le jardin en mules et en robe de chambre. Elle avait les larmes aux yeux, elle prétendait qu'un seul mot de moi rendrait l'espérance à Gisèle. Elle pourrait alors aller la voir, et cette fois être accueillie décemment comme une future belle-mère potentielle. Elle ferait de son mieux pour consolider ses illusions. Quelques jours plus tard, elle reviendrait à l'improviste sous prétexte de l'aider à coudre l'ourlet du rideau de la chambre qui tient par des agrafes depuis la nuit des temps, et avant de partir elle lui annoncerait ma décision de rompre définitivement.

— Entre femmes.

— Sa souffrance nous rapprochera.

— Elle aura besoin de moi pour remonter la pente.

— J'arriverai à m'en faire une amie.

— Je l'inviterai à passer quelques jours ici quand tu seras en déplacement.

— Je lui offrirai un chemisier, du maquillage, des bijoux fantaisie.

— Elle sera bientôt en fin de droits, nous achèterons une chambre de bonne pour l'héberger.

— Il me semble que je l'aime déjà.

— Ton père la désire sûrement, même s'il la dénigre, mais il n'éprouve aucun sentiment pour elle.

— Je saurai la protéger de ce mâle, je l'enverrai au cinéma quand elle viendra, et lorsqu'elle passera la nuit ici, il ira dormir à l'hôtel.

— Je t'en supplie, accorde-moi cette faveur.

— Ensuite, jusqu'à ma mort je ne te demanderai plus jamais rien.

— Passe-moi ton portable, un simple message suffira à la faire espérer.

Elle l'a pris dans ma poche. En tâtonnant, elle est parvenue à taper *Gisèle encore aimée ?* Pour abréger la séance, j'ai dû taper moi-même le point d'interrogation. Quand j'ai eu envoyé le message, elle a jeté un coup d'œil au-dessus du mur, comme si elle espérait le voir s'envoler vers Paris, et tel un petit télégraphiste toquer à la porte de mon ancienne compagne jusqu'à la tirer de son morne sommeil tardif de chômeuse découragée. Puis elle m'a serré le bras, et elle m'a embrassé près de la bouche.

J'ai mis mon casque, je languissais d'arriver au bureau pour consulter des fichiers que notre antenne luxembourgeoise avait dû nous balancer dans la nuit. Elle s'accrochait à moi comme une maîtresse, je n'avais jamais couché avec elle, et de toute façon ce matin je n'avais pas le temps. Bien sûr, elle avait dépassé la soixantaine, mais je tenais très mal l'alcool, après deux ou trois verres je l'aurais pénétrée avec autant de fougue que la première venue. Pourtant des étreintes répétées auraient compliqué nos relations, et une rupture de ma part se serait soldée pour elle par des années de tristesse, dont elle ne serait sortie qu'octogénaire, épuisée, heureuse à nouveau, mais furieuse d'avoir gâché des années d'existence pour un chagrin d'amour causé par un amant cynique doublé d'un fils ingrat.

J'aurais craint en outre qu'en lui faisant part de ma volonté de cesser tout coït, papa se venge des inévitables griefs accumulés au cours de leur interminable vie commune, par une annonce abrupte, teintée même d'un certain sadisme, et il n'était pas question pour moi de servir d'alibi à ses représailles.

Bien sûr, rien ne m'empêcherait de confier cette démarche à un parent éloigné avec qui elle n'avait aucun contentieux, ou au généraliste qui la soignait depuis des années, un homme calme et rassurant que j'avais consulté à plusieurs reprises pour des grippes et des problèmes dermatologiques sans gravité. Mais malgré tout elle fondrait en larmes, elle se sentirait trahie, et que le fruit de son utérus soit responsable de cette trahison lui rendrait l'épreuve plus insupportable encore.

Elle m'a donné une petite tape très chaste sur la main qui contredisait le désir sensuel que je lui avais un instant prêté. Du reste, en plus de trente ans elle n'avait jamais eu envers moi le moindre geste déplacé. C'est à peine si elle m'avait nourri au sein trois semaines, changeant mes couches sans s'attarder sur la toilette de mon sexe comme le font certaines mères ébaubies d'en avoir fabriqué un flambant neuf qui possède de surcroît cette faculté un peu magique de s'allonger comme le nez d'un menteur.

Seules ses phrases me touchaient, s'insinuant sous l'étoffe de mes vêtements, enserrant mes couilles, me traînant par toute la maison, me faisant tourner au-dessus de sa tête comme une pale. Elle parvenait aussi à me ligoter, m'attachant à son dos comme un sac, à son ventre comme une sorcière dans une cérémonie satanique. Elle m'emportait partout, me frottant à des murs, des gens, me trempant dans des familles inconnues, dans des cohues, me posant soudain sur la banquette d'un train, sur un siège d'avion, me récupérant des semaines plus tard en bavant sur moi des baisers, en m'attachant à une phrase qu'elle tenait fermement comme une laisse, me tirant jusque chez nous où les pièces vibraient encore de tous les mots dont ils s'étaient bombardés avec papa durant mon absence.

Le soir, elle préparait un poisson pour le dîner, un poisson truffé d'arêtes acérées comme des reproches, des prières, des souvenirs frustrants, banderilles qui se plantaient dans la gorge, l'estomac, que les sucs gastriques attaquaient sans succès pendant toute la nuit et qui se pointaient le lendemain au beau milieu des joues, du nez, traversant aussi les paupières en épargnant de justesse les yeux, pendant un imbuvable cours d'espagnol où une enseignante essayait désespérément de nous expliquer la différence entre Madrid et Bilbao.

Maman me violait, me bourrant le cul d'adjectifs, enfonçant mon sexe encore chétif dans un bourbier d'impératifs, de gérondifs, et puis au risque de me briser le dos, elle m'obligeait à le lécher comme une sucette. Maman me prêtait, maquerelle désintéressée, à des tantes, des cousines, des amies de collège, dont tout le vocabulaire me défonçait comme une file de pénis à la queue leu leu. Elle était pareille aux autres mères, aimante, pure, éthérée, et ses gestes incestueux elle les exécutait sans le savoir, sans le vouloir, sans que ses mains ou le reste de son corps interviennent en aucune façon.

Elle caressait tendrement ma tête par-dessus l'épaisseur du casque.

— Sois prudent.

— Tu devrais vendre cette moto et acheter une voiture.

— En tout cas, je te remercie pour Gisèle.

— Ce soir, je te ferai un chèque.

— Tu le mérites.

— Je t'aime.

— Si tu n'étais pas né, ton père ne m'aurait pas suffi.

— Si j'avais eu une fille, je serais retombée enceinte aussitôt pour t'avoir.

— Si j'avais eu un autre garçon que toi, je m'en serais aperçue tout de suite.

— J'aurais pondu des mioches jusqu'à ce que tu sois là.

— Une vie sans toi je n'en aurais pas voulu.

— Ton père aurait dû mourir à ta naissance, d'un infarctus, d'une congestion cérébrale à la maternité.

— Il t'avait donné la vie, il n'avait plus aucune raison de continuer à mener la sienne.

— Il nous a encombrés, mais si je l'avais tué la prison nous aurait séparés.

J'ai appuyé sur le démarreur, j'avais envie de

faire le tour du jardin et de foncer sur elle pour l'obliger à se taire.

— Tu ne partiras pas avec cette moto qui a une ampoule morte.

— Ton père va t'accompagner.

— Je t'appelle un taxi.

— Je vais leur téléphoner pour leur dire que tu as une indigestion, tu attendras cet après-midi pour aller au bureau.

— Ou demain, tu as besoin de te reposer.

— D'ailleurs, tu es trop distrait pour conduire quoi que ce soit, à partir d'aujourd'hui tu iras à Paris en train.

Elle essayait d'accéder à la poche intérieure de ma veste. Je l'ai repoussée, elle a senti que j'étais à cran, et prêt à lever la main sur elle. Elle a d'abord pris ses distances, puis elle est revenue à la charge avec une lanière de mots qu'elle a essayé de me mettre autour du cou.

— Donne-moi tes papiers, je vais broyer ton permis dans le mixer.

— Tu es folle.

— Non, je suis ta mère.

Il a démarré en trombe, je lui ai couru après. J'ai perdu une mule, et je me suis égratigné les mains en tombant. J'ai eu beau crier, il a ouvert le portail sans se retourner et il a filé comme un tueur à gages qui vient de remplir son contrat.

Je me suis relevée, j'ai regardé le ciel menaçant en espérant qu'il se mette à tomber une pluie grisâtre qui obscurcisse sa visière, qui l'empêche de voir à temps un convoi exceptionnel et facilite sa glissade sous les roues qui le broieraient comme des meules.

Je ne suis pas un monstre, chaque mère connaît parfois ces moments de lassitude, l'amour qu'elle éprouvait jusqu'alors pour son enfant l'abandonne soudain comme une main rongée par la lèpre, elle est même écœurée de l'avoir tant aimé. Elle compte sur un hasard tragique pour l'en débarrasser, qu'elle puisse l'aimer à nouveau, mais dans le deuil, sous forme d'absence, de creux, de trou dans sa vie de veuve de ce fils à qui elle était unie pour le meilleur et pour le pire depuis leur union secrète dans la chapelle obscure, humide et chaude, de son utérus. Elle l'aime toujours, ce n'est pas un amant à qui on voue un amour fou mais à tout instant réversible en haine éternelle, en oubli, et même en honte de l'avoir croisé, rencontré, de lui avoir prêté son corps, ainsi qu'à l'occasion sa voiture, de l'argent, des écharpes en laine d'agneau, et avoir dépensé pour lui tout ce temps, un temps perdu, dilapidé comme un patrimoine dont on n'héritera jamais plus. Elle l'aime, pourtant un court instant elle le veut mort pour l'aimer davantage, qu'enfin il ne lui échappe plus, qu'il cesse une fois pour toutes de devenir, de dégénérer, de finir par n'être que sa caricature, un pitre, un être humain sans doute, mais qui ne ressemble en rien à l'idée qu'elle se faisait de lui la première fois qu'il lui avait souri.

Je l'aimais, je ne l'avais haï que pour me sentir coupable ensuite de ne pas l'aimer davantage. Je l'avais haï parce qu'il le méritait, comme souvent les enfants méritent de prendre froid quand ils persistent à sauter dans le bac à sable inondé malgré les injonctions des baby-sitters, comme les maris ne volent pas les problèmes artériels consécutifs aux excès commis en compagnie de copains, de maîtresses, de toute cette population nombreuse, dense, survoltée, au milieu de laquelle ils mènent une double vie alors que dans trente-cinq mètres carrés de taudis vous élevez à la va-comme-je-te-pousse quatre enfants déchaînés dont l'un vous humilie par ses cheveux filasse comme la tête d'un balai en paille de riz.

Je méditais ainsi en remettant ma pantoufle, en faisant un tour dans le jardin frisquet, en refermant la grille qu'il avait laissée béante derrière lui. Quand je suis rentrée, Joseph m'a proposé de me beurrer une tartine. Il avait peur que je lui reproche de s'alimenter en célibataire sur un coin de table, alors qu'il ne pourrait peut-être jamais se vanter de me survivre. Mais je n'avais pas faim.

— Damien a envoyé un message à Gisèle pour lui dire qu'il l'aimait peut-être à nouveau. Quand le moment viendra de lui enlever ses illusions, je ferai en sorte que la souffrance la consume tout entière, et dans quelques années elle n'en repoussera que plus dru.

— Tu es folle.

— Non, je suis une femme. Les hommes sont trop lâches pour aimer, et le management des idylles nous incombe.

— Mon rasoir est en panne, il faut que j'en achète un autre, j'ai vraiment une tête de bagnard.

— En passant, tu me laisseras devant chez Gisèle, je lui consacrerai deux heures, peut-être même trois.

— Je t'attendrai. Je brancherai mon nouveau rasoir sur l'allume-cigare et je me ferai une peau de bébé dans le rétroviseur.

— Si elle est trop défaite, nous l'emmènerons manger des huîtres.

— Avec un bon riesling.

— Elle n'est pas très dessert, on n'insistera pas.

— En rentrant, pour une fois on pourrait se faire dégeler une tarte Tatin ?

— On achètera de la crème fraîche chez Berthier.

J'ai bu une tasse de café debout, en regardant Joseph qui lui non plus ne me quittait pas des yeux. Notre journée était bouclée d'avance, elle existait d'ores et déjà dans les moindres détails. Nous n'avions plus qu'à la vivre sans angoisse comme on visite un monument dont on a potassé le plan, dont on connaît par cœur sculptures et bas-reliefs, dont même les têtes des gardiens semblent familières comme les visages des satyres qui ornent les boutons de porte du salon.

— Dis-moi, Solange.

— Quoi ?

— Ce soir on pourrait dîner au restaurant ?

— Réserve pour vingt heures à La Poularde.

— Damien ne sera pas rentré.

— Il nous rejoindra, et si le service est terminé je lui ferai des pâtes à la maison.

Joseph m'a souri, il jouissait d'avance à l'idée d'échapper pour aujourd'hui à la cuisine simple et répétitive que je lui impose d'ordinaire. Il sentait aussi que je lui accordais cette soirée, et il m'était reconnaissant de lui donner le pas sur son fils le temps d'un dîner, même s'il savait d'avance que nous ne parlerions que de lui.

J'avais besoin d'un bain très chaud, d'un gommage, d'une friction, suivie d'un massage avec une nouvelle crème hydratante, si tonique d'après la vendeuse, qu'elle serait bientôt retirée du marché car on la soupçonnait de contenir des traces de cocaïne.

Pour que Gisèle ne me croie pas porteuse d'une mauvaise nouvelle, je me suis habillée d'une robe claire, et en guise de petit cadeau j'ai mis trois billets dans une enveloppe. Dans sa situation précaire, rien ne la réjouira davantage que de l'argent. Demain, je demanderai à la banque de virer chaque mois sur son compte la faible somme que depuis quelques années nous versons à l'UNICEF, leur budget colossal n'en souffrira pas et Gisèle pourra s'offrir plus souvent des fruits et de la viande.

Joseph s'était douché dans la salle de bains de Damien, il portait une veste en tweed, une cravate en tricot, et il grattait sa barbe de vingt-quatre heures comme un eczéma.

— Je me sentirai mieux quand je serai débarrassé de tous ces picots.

— Il est déjà neuf heures et demie.

— Darty n'ouvre qu'à dix heures.

Elle trépignait, cette entrevue l'obsédait comme un plaisir. Elle aurait voulu être déjà là-bas et y rester jusqu'à la fin de sa vie pour rompre à jet continu, Damien envoyant régulièrement à Gisèle des messages tendres et pleins de repentir, afin qu'elle ait à nouveau la joie de rompre encore et encore. À moins que Gisèle finisse par se lasser d'être si souvent abandonnée, et parte se réfugier chez une amie qui lui apprenne à rire de cette histoire redondante, ridicule, dont au fil des whiskies elle ne se rappellerait plus le pauvre héros.

Nous aimons Damien parce que nous sommes ses parents, nous aurions aimé le premier fils venu. Mais que les autres se gardent d'éprouver la moindre affection pour lui. On peut aimer un ivrogne, un pervers, un benêt, ou une combinaison lamentable de tous ces états à la fois. Mais pas quelqu'un qui n'existe pas. Damien n'a jamais eu le courage de se choisir, je me demande même si parfois il ne devient pas nain, géant, blond, roux, eunuque, cheminée, hameau déserté depuis un demi-siècle perdu au fin fond de la Lozère, tant il a décidé une fois pour toutes de varier, de se garder d'être autre chose qu'une multitude de possibilités, d'apparitions furtives, lâches, qui plutôt que fuir se métamorphosent, de crainte qu'on leur tire douze balles dans le dos. Il existe si peu, qu'à sa mort on mettra en terre un cercueil qui ne pèsera que le poids des planches.

— Des clous aussi.

Interloquée, Solange a éructé comme elle le faisait parfois en sortant de table.

— Quels clous ?

— Il faut que j'achète des clous.

Nous étions déjà sur le périphérique. Ses lèvres remuaient sans bruit, elle devait répéter son texte avant de faire irruption chez Gisèle.

Porte Maillot, j'ai failli emboutir un car de touristes qui a freiné brusquement tandis que j'observais son visage en effervescence. Elle a poussé un cri de frayeur, puis elle s'est plainte de ses vertèbres. Sa colonne vertébrale me semblait une accumulation de petites têtes qui hurlaient au moindre cahot. Au-dessus, elle n'était qu'une sphère trouée d'orbites, de narines, de conduits auditifs, avec ce sphincter buccal qui marmonnait en silence, et à l'intérieur ce cerveau qui ne cessait d'établir des connexions entre des neurones survoltés mais idiots, passant leur temps à répercuter les nouvelles dans tout le village crânien en rajoutant des ragots de leur cru jusqu'à les rendre trop lourdes pour voyager le long des synapses. Elles étaient alors évacuées par la première issue venue, obligeant Solange à tousser, se moucher, ou utiliser son auriculaire avec insistance.

— Je sais exactement ce que je vais lui dire.
— À tout à l'heure.

J'avais trouvé une place inespérée rue des Archives. Elle est partie en claudiquant, tant les victuailles l'alourdissaient. Elle avait voulu que je m'arrête devant une supérette pour dépenser en nourriture l'intégralité de la somme qu'elle avait décidé dans un premier temps de donner à Gisèle pour tenter de l'amadouer en arrivant. Elle préférait lui apporter des aliments frais, plutôt qu'un argent qui lui aurait peut-être servi à acheter de l'alcool ou des stupéfiants. Nous avions vu dans un reportage que les dealers avaient leur quartier général près de chez elle dans l'enceinte de l'église Saint-Eustache, ils vendaient leurs produits sans se soucier plus des offices, que des messes d'enterrement et de mariage.

En descendant la rue, j'ai trouvé un marchand de rasoirs électriques étrangement ouvert, comme si son bail stipulait que la boutique franchirait le cap des années soixante-dix, et passerait au travers du cataclysme de la grande distribution.

J'ai poussé la porte, l'intérieur du magasin était éclairé par des ampoules minuscules et inquisitrices comme des petits yeux brillants. Le type derrière le comptoir de verre avait l'apparence d'un jeune homme. Il souriait, sa mâchoire ne comportait aucune de ces dents en or dont les dentistes abusaient jadis. Il m'a vendu un rasoir bleu nuit, une machine silencieuse, et d'après lui si douce que ma peau ne tarderait pas à la considérer comme sa meilleure amie.

Je n'avais consacré que dix minutes à cet achat, je regrettais d'avoir laissé passer une occasion de perdre du temps. Je suis entré dans un tabac. Assis au fond de la salle, j'ai bu trois cafés et deux bières. Puis, bien que je n'aie jamais fumé de mon existence, j'ai eu envie d'acheter un cigare. Toussant, au bord de l'asphyxie, j'ai regretté de n'être pas plus doué pour apprécier les délices de la vie. Solange non plus n'avait pas ce don, quant à Damien je voyais mal un être à ce point diffus connaître des sentiments aussi forts que la douleur ou la joie. Même sous la torture, il n'aurait éprouvé qu'un léger malaise, et sûrement rien du tout.

Je n'ai plus aucune envie de le défendre. N'en appelez pas à ma fibre paternelle, je ne peux être le père d'une personne si veule qu'elle ne s'incarne pas à demeure, et qui prend la kyrielle des tempéraments humains pour les cases d'un échiquier sur lequel on peut sauter impunément pour changer d'être, et même d'âme, lorsqu'on l'a trop souillée.

Un pareil saligot serait le parfait héros d'un roman écrit au conditionnel à tire-larigot, alors que la réalité est un choix, et que de tout temps elle n'a existé qu'une fois, comme vous, moi, ou cet alpiniste qui à force de courir toujours plus vite sur les glaciers pour battre des records d'ascension, tombera demain dans une crevasse, et si nous avons soixante et onze ans nous savons bien que nous ne venons pas de naître en Pologne au dix-huitième siècle pour mener la vie brève et misérable d'une mouche ou d'un mulot.

J'ai quitté le café, où je puis vous l'assurer, tout était réel. Les trois compères accoudés au comptoir auraient été vexés si quelqu'un était venu leur expliquer qu'en fait ils menaient une autre vie, à une autre époque, dans un drame romantique, un roman de chevalerie, ou à l'intérieur d'une soucoupe volante liquide et rouge comme le beaujolais qu'ils étaient en train de boire.

Du reste, je me suis laissé emporter. Damien existe. Il ne varie qu'à l'intérieur de certaines limites, et s'il délire quand il est pris de boisson, il ne se permettrait pas à jeun d'outrepasser les bornes de la réalité. Croyez-moi, nous sommes menteurs à l'occasion, mais constitués, solides, nous sommes des humains. Vous nous prêtez une voix, vous nous entendez, avec un peu d'imagination vous pourriez presque nous voir, alors que vous n'êtes pour nous qu'une supposition dont nous ne saurons jamais rien.

Le soleil venait à l'instant de percer les nuages, il rendait les façades et les gens encore plus vrais que tout à l'heure. J'ai demandé son numéro de téléphone à un homme d'une cinquantaine d'années vêtu d'un duffle-coat, afin que vous puissiez vérifier que je me trouvais bien ce matin-là rue des Archives.

— Va te faire foutre.

Sa réplique était sans appel, petite sculpture de mots tranchants, aiguisés, comme des lames

de couteaux brillantes sous le soleil. Cet inconnu venait par sa hargne d'apposer sans le
vouloir un poinçon qui authentifiait mieux
qu'un constat d'huissier la réalité de cette matinée parisienne où je respirais au même titre que
les autres passants. J'aurais voulu le remercier,
mais il était déjà loin et je me serais senti ridicule de lui courir après.

Ma barbe avait dû encore pousser depuis que
je m'étais regardé dans le miroir du vestibule. Je
me suis enfermé dans la voiture, et j'ai ouvert le
paquet. Logé dans son emballage, éclairé par la
lumière de novembre, le rasoir était d'un bleu
profond où j'aurais voulu pouvoir plonger
comme du ponton d'un bateau mouillé l'été au
large d'une île de caillasses et d'habitants vêtus
de noir comme des popes. Grâce aux batteries
partiellement chargées en usine, je disposais
d'après le vendeur d'un quart d'heure d'auto-
nomie.

Je l'ai appliqué sur ma joue, le promenant sur
mon visage sans le faire démarrer pour m'habituer à son contact. La douceur d'un souffle, la
fraîcheur d'une main d'enfant en pleine santé
qui s'émerveille en découvrant la matière dont
sont faits ses parents qui gravitent autour de lui

en émettant par la bouche des sons mystérieux. La grille alvéolée de ce rasoir me rendait euphorique comme un vieil alcool, et je me disais que vraiment les objets valaient mieux que les gens.

Quand j'ai appuyé sur le bouton, il s'est mis à feuler, et la barbe coupée à ras s'est vue aspirée au fur et à mesure dans le réceptacle prévu à cet effet. Lorsque l'opération serait terminée il me suffirait de le vider dans le caniveau. Ma vie est faite de ces satisfactions prosaïques, elle n'est pas plus ratée qu'une autre.

La portière s'est ouverte. Solange est apparue. Rien dans son visage ne respirait la joie de vivre. Elle avait dû agacer Gisèle en rompant, et elles s'étaient disputées. Elle était toujours embarrassée de ses provisions, elle avait dû les lui rendre, ou elle les avait refusées d'emblée. Sa figure n'était pas marquée, mais elles avaient peut-être échangé des coups bas. À moins que pour essayer d'éclaircir la situation, Gisèle ait tenté de joindre Damien, qui de crainte d'envenimer les choses s'était gardé de donner son opinion. De guerre lasse, il avait fini par passer son portable à un stagiaire, pensant que l'irruption d'un élément neutre dans cette discussion apaiserait sa colère. Mais pour éviter d'être mêlé au drame, je l'imaginais davantage laissant Gisèle hurler en vain dans la chambre capitonnée de son répondeur dont il effaçait un à un chaque message sans l'avoir écouté afin de ne pas assombrir sa journée.

— J'ai sonné, j'ai tambouriné pendant plus d'une heure.

— Aucun bruit de l'autre côté. Comme si elle était morte.

Je l'ai rassurée.

— Elle n'a pas l'âge de mourir, elle devait être sortie.

— Tu n'y comprends rien.

Se déchargeant sur moi des sacs de victuailles, Solange m'a obligé à la suivre pour partir à la recherche d'un serrurier. Dix minutes plus tard nous étions en présence de Gisèle qui avait ouvert d'elle-même en entendant le rossignol de l'artisan fouiller l'intimité de sa serrure. Il avait exigé d'être payé d'avance, et il s'est en allé aussitôt sans chercher à comprendre le fin mot de cette histoire de fous. Gisèle avait un air grave, ses sourcils étaient froncés, mais elle était habillée, coiffée. Et vivante, comme toujours.

— Vous nous avez fait peur.

— Damien ne serait même pas allé à vos obsèques, il aurait eu trop peur que votre famille le tienne pour responsable et fasse du grabuge.

— Vos parents auraient publié une annonce de décès, on lui aurait posé des questions à son bureau.

— Il aurait été convoqué à Toulouse, votre suicide lui aurait porté préjudice.

— Malgré tout nous vous pardonnons, tant nous sommes soulagés de vous savoir en vie.

Gisèle était immobile comme un trompe-l'œil. Solange l'a poussée pour pénétrer dans l'appartement, je suis entré à sa suite. J'ai posé les sacs à la cuisine. Solange a réparti les aliments sur les différentes clayettes du frigo, jetant au passage produits périmés et vieux légumes. Avec une éponge neuve qu'elle avait achetée à cet effet, elle a nettoyé les parois ainsi que le casier à beurre. Ensuite elle a récuré rapidement l'évier, puis elle a passé une serpillière sur le carrelage.

— Fermez la porte, il entre un de ces courants d'air.

Gisèle a obéi. Solange était déjà dans la chambre, faisait le lit, et rassemblait les sous-vêtements sales qui gisaient sur la moquette pour les enfourner dans le tambour du lave-linge.

— Mon dos est fragile, et puis je suis trop fatiguée pour passer l'aspirateur.

Solange s'est assise au salon. Comme je ne savais pas où aller je me suis assis aussi.

— Si vous voulez je vous enverrai ma femme de ménage.

— Gisèle, nous prendrions bien une tasse de café.

— Gisèle ?

Je l'ai entendue se mouvoir sur le parquet du couloir, et entrer dans la cuisine. J'ai souri quand elle a soulevé le levier du robinet qui a délivré l'exacte quantité d'eau nécessaire et a interrompu immédiatement le jet quand elle l'a rabaissé. Nous avons suivi par la suite le chuintement de la cafetière, et avec le même visage grave que tout à l'heure Gisèle nous a servi dans des tasses en porcelaine peinte Savine Le Marchand que nous lui avions offertes pour Noël.

— Non, Gisèle, restez là.

Elle a hésité, comme si elle aurait trouvé normal de retourner à la cuisine après nous avoir servis.

— Asseyez-vous.

— Vous n'êtes pas dans un tribunal.

— Vous savez que je suis votre amie.

— Je vous en prie, ne restez pas debout.

Elle s'est assise, persistant à nous montrer cette face rébarbative qu'elle brandissait au bout de son cou comme une pancarte ficelée à l'extrémité d'un bâton secoué par un aigri un jour de grève. Elle était contractée, sur ses gardes, mais Solange s'est penchée, et elle est parvenue à lui prendre la main. Elle l'a serrée de toutes ses forces entre les siennes. Les femmes croient parfois aux fluides susceptibles de circuler d'un être à l'autre mieux que des mots. Solange n'avait pas ce genre de foi naïve, elle la tenait pour qu'elle l'écoute jusqu'au bout sans prendre la fuite. Mais Gisèle s'est débattue.

— Gisèle, je vous aime bien.

Elle a pu libérer sa main qui était déjà rouge tant Solange l'avait pressée.

— Vous avez eu le message de Damien ?

— Il revient partiellement sur sa décision.

— Il hésite peut-être.

— Il réfléchit.

— Vous le méritez.

— On n'abandonne pas quelqu'un comme vous à la légère.

— Il vous estime.

— Si vous étiez morte l'an passé de cette pneumonie, il vous aurait pleurée et aujourd'hui il n'aurait pas le mauvais rôle.

Solange étirait son buste dans sa direction, comme si pour mieux lui faire avaler l'intégra-

222

lité de son gratin d'inepties, elle projetait de lui enfoncer par surprise sa tête dans la bouche.

— Ma pauvre Gisèle, je souffre avec vous. Nous l'aimons chacune à notre manière comme des folles, comme ces aliénées d'autrefois qui hurlaient jour et nuit dans les asiles et que rien ne pouvait guérir de leur monomanie.

— Damien tient à vous, en tout cas nous avons décidé avec mon mari de vous verser une indemnité chaque mois.

— Pendant un an, et même deux, si vous ne tombez pas amoureuse d'un autre d'ici là.

— Ne soyez pas triste, il a décidé une sorte de moratoire quant à cette rupture, et peut-être qu'à la minute où je vous parle il envisage de vous aimer encore.

— Pour six mois, des années. Peu importe, à notre époque les unions sont bâties avec des matériaux trop fragiles pour durer toute une vie.

— Écoutez.

Solange a tendu l'index, mais on n'entendait que le bruit de la rue.

— Le téléphone n'a pas sonné, mais rien ne dit qu'il ne sonnera pas un jour, et que Damien ne vous invitera pas au Ritz ou au Crillon pour fêter vos retrouvailles.

— Préparez une belle tenue pour qu'il soit fier de vous, et puis achetez une culotte et un soutien-gorge neufs, que ce soir-là au moins il ait l'impression d'étreindre une fille renouvelée.

— Merci pour cette tasse de café.

Elle s'est levée, moi aussi. Gisèle est demeurée assise, exhibant toujours son visage qui me faisait penser maintenant à un graffiti plein de haine. Elle l'a même orienté vers nous, comme une lampe articulée, prête à nous poursuivre, nous éblouir, dans le cas où nous aurions cherché à lui échapper en changeant de position. J'avais envie de lui signer un chèque pour qu'elle sourie, nous ne l'aurions plus jamais vue par la suite mais nous serions partis en gardant d'elle un souvenir presque joyeux. Les sentiments noirs qu'elle nourrissait envers notre famille étaient absurdes. En tenant rigueur à Damien d'avoir rompu, elle manquait d'élégance. Elle aurait dû au contraire se soumettre de bon cœur, et ne l'aimer que mieux, de loin, mais avec la passion des premiers temps de leur histoire, heureuse, reconnaissante, ivre de tous ces souvenirs merveilleux qui grâce à lui pétillaient dans sa mémoire comme les bulles d'un champagne rosé.

— Le téléphone sonnera.

— Peut-être seulement dans plusieurs années.

— Damien vous aimera demain, après-demain, tenez le coup et n'oubliez pas que la tristesse vieillit.

— S'il vous rappelle seulement dans dix ans, donnez-lui l'illusion d'avoir rajeuni.

— N'oubliez pas d'appliquer une crème revitalisante matin et soir.

— Faites de la gymnastique faciale, un régime, apprenez des langues étrangères pour lui être utile s'il vous emmène à l'occasion dans ses voyages d'affaires.

— Pensez à lui, certains prétendent que par télépathie il est possible d'obtenir des retours d'affection.

— Et si c'était inutile ? S'il vous aimait vraiment, et s'en apercevait soudain à l'occasion d'une panne sexuelle avec une conquête d'un soir ?

— Il vous adore.

J'ai quitté le salon, le visage de Gisèle me mettait mal à l'aise, et je n'avais pas le courage de lui tenir tête en fermant les yeux ou en regardant la fente du mur que je devais reboucher depuis des mois.

Cet appartement était en mauvais état, ce sera un placement judicieux de l'acheter pour le rénover et le louer par la suite à un couple de fonctionnaires au traitement sûr comme des bons du Trésor. Chaque année, ils nous enverront leurs vœux tant ils nous seront reconnaissants de pouvoir vivre grâce à nous dans un logement si bien situé dans le vieux Paris. Nous profiterons de la prochaine crise immobilière pour acquérir le reste de l'immeuble. Damien bénéficiera un jour des fruits de nos talents de visionnaires. Je fais certes abstraction des risques de bombardements et de cataclysmes naturels. Ils ne sont pas nuls, mais qui veut s'enrichir les considère comme négligeables, et par un effort de sa volonté il décide de les oublier, continuant même irradié à spéculer jusqu'à son dernier souffle.

Elle n'avait pas éteint la cafetière. Un incendie permettrait de remettre à neuf la maison aux frais des assurances, et s'il avait lieu en plein jour, grâce à la célérité des pompiers on ne déplorerait aucune victime. Le robinet fonctionnait, il persistait pourtant à fuir au niveau de l'écrou. J'avais envie de descendre acheter un joint pour qu'elle ne puisse pas me reprocher dans quelque temps d'avoir été trempée en se faisant couler un verre d'eau, en remplissant une casserole, ou un vase, pour y placer les fleurs offertes par un prétendant rencontré dans un supermarché lors d'une de ces nocturnes réservées aux célibataires.

Solange parlait toujours. Je commençais à avoir faim, d'ailleurs il était midi trente. Nous aurions été aussi à l'aise au restaurant pour discuter. Gisèle aurait bu deux ou trois verres de vin, et toutes ces insanités déjà atténuées par le brouhaha de la salle, lui auraient semblé presque logiques, son cerveau les aurait même accueillies avec bienveillance, comme des paroles lénifiantes de grands-parents qui dédramatisent les conflits et peuvent se permettre d'aborder les sujets les plus explosifs, sans susciter le moindre éclat, tant ils ont perdu l'ambition de vouloir modifier la réalité et d'influer sur la volonté des êtres qui les entourent.

Je me suis assis sur une chaise. En définitive, nous étions une famille unie, homogène, et chacun de nous était doté d'une personnalité variable comme ces journées bretonnes qui ridiculisent les prédictions des météorologues. Nous n'avions jamais su qui nous étions exactement, et si Damien variait davantage que nous, il n'en

227

était pas moins notre rejeton aux caractéristiques à peine accentuées par la décadence de nos gènes et notre éducation exécrable. Demain peut-être Solange se ferait taciturne, ne s'intéressant plus à son fils, mais à une nouvelle génération de verres de contact polychromes. Elle passerait son temps devant le miroir de sa chambre, me demandant à tout bout de champ de la prendre en photo afin de pouvoir choisir son nouveau regard à tête reposée. À moins qu'elle décide d'avoir une nouvelle hernie, mais cette fois hiatale, et se fasse opérer d'urgence en réclamant à son réveil une pompe à morphine pour calmer la douleur et chasser l'ennui. Quant à moi, je me passionnerais pour la chasse, la musique militaire, ou je construirais une cabane dans le jardin pour m'isoler et penser à moi jusqu'au malaise.

Notre avenir n'est pas tracé, nous nous modifions beaucoup trop, nous sommes chaotiques, et je me dis parfois qu'à notre mort nous laisserons derrière nous la myriade de cadavres de tous ces gens que nous avons été pleinement, mais l'espace d'un instant, d'une semaine, ou de quelques années.

Gisèle était vivante, unique, elle fonctionnait comme un être humain avec la colonne de ses souvenirs qu'elle était certaine d'avoir vécus, et surtout cette sorte d'âme compacte, indubitable, identique de jour en jour, où elle demeurait. Elle connaissait beaucoup de ses caractéristiques, elle aurait presque pu se démonter et les poser sur la table basse comme les rouages d'une montre. Elle ne doutait pas de leur solidité, ces rouages ne s'altéreraient qu'avec elle. Elle devait être capable d'aimer, alors que notre famille était un tourbillon dont chaque incarnation éphémère ne pouvait produire que des sentiments frivoles, passagers, dont la brièveté était répugnante comme une étreinte expédiée dans la nuit sur le capot d'une voiture.

Gisèle se taisait, Solange parlait toujours. Je distinguais malgré moi chacune de ses paroles.

— Nous sommes pressés, nous partons.

— Ne nous appelez pas, écrivez-nous un mot chaque mois.

— N'omettez aucun détail de votre quotidien.

— Vous nous intéressez beaucoup.

— Embrassez-moi.

— Vous boudez ?

— Comme vous voudrez.

— Vous avez tort de bouder.

— Je vais rester encore un peu, le temps qu'il faudra pour que vous me présentiez vos excuses.

— Détendez-vous, faire la gueule vous enlaidit.

— Vous devriez vous inscrire à un groupe de thérapie par le rire.

— Damien est très rieur, même le jour où il vous a fait annoncer sa rupture par son père il racontait des blagues à ses collègues de bureau.

— Damien est courageux, il s'esclafferait la tête sur le billot.

— Quand il vous appellera, répondez-lui d'une voix enjouée.

— Autrement, il raccrochera.

— Espérez, au lieu de vous lamenter.

— Damien n'est pas obligé de téléphoner, il peut vous surprendre en plein sommeil. Il a encore la clé.

— Un dimanche matin, vous pouvez le trouver assis sur sa moto devant votre porte.

— Ou chez le boulanger, quand vous faites la queue pour acheter votre demi-baguette.

— Damien est fantasque, drôle, coquin, il apparaîtra où et quand il voudra. Il peut se cacher dans un placard chez un ami commun, et débouler à l'improviste pendant la soirée.

Solange parlait de plus en plus fort, j'ai ouvert le robinet à fond pour essayer de noyer le bruit de sa voix.

J'aurais dû étrangler Damien à la naissance, pour qu'il ne soit pas la cause un jour d'une pareille douleur. Les gens de notre espèce ne devraient pas se reproduire. Ne perdez pas de vue cependant que je présente notre famille sous un jour volontairement sinistre afin de ne pouvoir être suspecté de condescendance. Nous sommes des êtres contrastés, capables de générosité tout autant que d'indifférence et d'animosité. Quant à Gisèle, je la soupçonne d'aimer Damien avec hargne, comme on déteste quelqu'un dont on recherche sans cesse la compagnie pour pouvoir lui inoculer son venin. Son amour a été une gêne pour lui, une pollution qu'elle lui a fait inhaler continûment dans le bocal étanche de leur vie de couple.

Quand on aime vraiment, on laisse l'autre s'en aller, on se réjouit de ses aventures, et de son bonheur dont on sera à jamais exclu. On garde la personne aimée en soi comme un mystère devant lequel on se prosterne comme une simple nonne d'autrefois aussi peu instruite qu'illuminée par les psaumes en latin, réceptacles incompréhensibles, mystérieux, et d'autant plus beaux, d'une parole à la gloire de Dieu.

Comme vous et moi, Gisèle est incapable d'aimer. Nous ne lui réclamons pas l'impossible, je ne demande pas au robinet neuf de me remercier de l'avoir posé en opinant du bec.

Je suis retourné au salon, à présent il était treize heures, ma faim était plus légitime encore que tout à l'heure. Elles n'avaient pas changé de position, et Solange exhortait Gisèle à se parfumer avant de se coucher pour le cas où Damien viendrait la surprendre alors qu'elle serait profondément endormie.

— Soyez toujours très nette à chaque sortie, la moindre tache sur le col de votre manteau pourrait le faire fuir.

— Marchez dans la rue en souriant, même un jour d'averse où vous chemineriez sans parapluie.

— Évitez de vous montrer revêche envers quiconque. Il s'amusera peut-être à vous aborder sans se présenter, et comme le temps aura passé vous ne le reconnaîtrez pas tout de suite.

— Plus il tardera, et mieux vous vous sentirez le jour où il reviendra.

— S'il ne revient pas, vous aurez au moins joui durant toute votre existence du plaisir de l'attendre.

J'ai tiré Solange par la manche, elle a compris que j'étais pressé d'aller déjeuner.

— Nous partons, n'oubliez pas de nous écrire.

— Levez-vous, embrassons-nous, vous serez peut-être un jour ma belle-fille.

Gisèle s'est levée, elle a quitté la pièce. Nous l'avons entendue ouvrir la porte palière. J'ai entraîné Solange dans le couloir. Gisèle se tenait de profil dans l'embrasure, une odeur de steak entrait dans l'appartement. J'ai été tenté de pousser Solange jusqu'à l'escalier, mais je sentais qu'elle désirait prolonger encore cette rupture dont j'avais enclenché le processus exactement quarante-six jours plus tôt. Elle aurait voulu que Gisèle la remercie de l'avoir plongée dans l'incertitude, mais elle semblait en définitive préférer le désespoir à l'illusion.

Gisèle souffre, car elle croit à l'amour. Solange vous a déjà dit à quel point nous nous en méfions. Notre famille est heureuse parce qu'elle a l'humilité de se contenter d'une réussite sociale et pécuniaire, les sentiments ne servant qu'à lubrifier nos rapports, à les empêcher de devenir féroces, et de détruire le fragile édifice où nous nous abritons des autres, si nombreux, qui peuplent Versailles aussi bien que le reste de la Terre. Nous laissons l'amour à ceux qui n'ont rien, et d'ordinaire même pas l'amour, aux solitaires, aux démunis, aux laissés-pour-compte, aux rêveurs incapables de bâtir une union médiocre mais durable, et trop impécunieux pour acquérir avec régularité suffisamment de biens de consommation, de signes extérieurs de jouissance, pour se passer de ce truchement irréel, fascinant, tendre ou passionnel, que les multinationales utilisent pour vendre leurs produits. L'amour est un procédé de génie, il permet aux uns de mener une vie pitoyable mais pleine d'espérance, et aux autres de profiter de leurs biens, tant ceux qu'ils exploitent sont sous le charme des slogans de la publicité et incapables de prendre les armes pour les massacrer.

N'allez pas en déduire que nous méprisons l'amour, nous en usons tout autant que vous, et nous nous aimons, même si nous savons à quel point il faut se défier de ses effets délétères. Nous nous aimons avec prudence et mesure, nous craignons les excès de ce sentiment dangereux, destructeur, manipulé à l'envi pour vendre et avilir une population déjà frustrée. Mais nous ne voulons pas non plus nous singulariser et apparaître sous les traits d'une famille qui ne serait qu'une entreprise, une petite administration aux droits inaliénables, une entité cynique dont les membres ne sont liés les uns aux autres que par l'intérêt et le besoin de vivre à l'intérieur d'un cocon protecteur.

Pour vous dire la vérité, l'amour nous indiffère vraiment, nous n'y pensons jamais, et nous ne l'évoquons que machinalement, comme les athées s'écrient mon Dieu quand ils ont égaré leur carte de crédit.

Solange parlait encore, j'essayais en vain de la faire avancer et dépasser la baguette de laiton qui séparait l'appartement du palier. Gisèle était toujours immobile, son visage n'avait pas changé mais elle ne prenait plus la peine de le braquer sur nous. D'ailleurs les yeux de Solange chaloupaient dans ses orbites comme si le roulis de ses propres paroles avait eu le pouvoir de les animer. Quant à moi, j'avais trop faim maintenant pour me laisser impressionner par quiconque.

— Gisèle, je vous aime. Damien vous aime. Joseph aussi. En juin pour votre fête je vous offrirai une bricole en argent.

— Le téléphone va sonner, je l'entends déjà, Damien vient de composer votre numéro, l'appel est sur le point d'atteindre le relais.

— Damien est un être d'exception, si pour finir il vous choisissait comme objet de son amour, vous seriez la femme la plus aimée de la planète.

— La plus heureuse aussi.

— Même s'il vous trompait avec votre meilleure amie, avec votre sœur, votre mère, même si pendant des semaines il refusait de vous adresser la parole, même s'il vous battait un soir de cuite, ou attentait à vos jours avec une arme blanche.

— Malgré tout, il vous aimerait.

— Moi, je ne l'aime pas.

Je les ai poussés dehors, sans violence, presque avec mollesse, comme on éloigne une table roulante. Ils n'ont opposé aucune résistance, et j'ai doucement refermé la porte derrière eux.

Je les ai regardés sortir de l'immeuble par la fenêtre du salon, ils semblaient silencieux, ils avançaient d'un pas régulier, précis, et ils n'ont pas relevé la tête pour voir si je les observais. Ils disparaissaient, je m'étais soudain effacée de leur mémoire, ils ne reviendraient plus, même ma rue se volatilisait pour eux au fur et à mesure qu'ils la descendaient. J'étais heureuse de les avoir tués en leur laissant la vie, ils étaient encore plus morts pour moi que si leurs cadavres encombraient le couloir. Je les avais dissous d'un geste de la main, et je n'avais même pas besoin d'aérer l'appartement, ils avaient emporté avec eux leurs effluves. Elles leur serviraient désormais de physionomie jusqu'au bout de leur existence de macchabées. Il leur restait encore de beaux jours dans ce charnier familial où ils se délecteraient avec Damien, et dont ils chériraient jusqu'aux insectes qui se nourriraient de leurs chairs nécrosées. Leur teint verdi les rendrait guillerets, ils le prendraient pour un air de santé, une mine resplendissante, une sorte de bronzage de vacances qui persiste en toute saison, même sous le ciel plombé de l'hiver versaillais.

Je suis sortie, je me faufilais si bien dans la ville que je restais toujours sous l'unique rayon de soleil qui la balayait comme un projecteur mouvant, aux déplacements aléatoires. J'étais vivante, je n'avais rien à voir avec la mort et ceux qui y succombaient parce qu'ils étaient en berne, en deuil depuis leur origine, parce qu'ils s'attendaient partout, qu'ils étaient émerveillés de se rencontrer, et satisfaits de partager leur présence minuscule jusque dans l'intimité du couple, de la passion, ou de ce qu'ils appelaient au comble de l'émotion, l'amour, ce mot qui leur servait de poubelle pleine de leur désinvolture, de leur mépris pour ce vis-à-vis qu'ils finissaient par haïr de ne pas leur renvoyer avec assez d'emphase la réverbération de leur éclatante lumière.

Vous avez dû trouver cette famille étrange,

mais plus encore que les histoires d'amour, toutes les familles sont des asiles de fous. Damien en a été le pensionnaire passif dès sa naissance, et au fil des années il en est devenu sociétaire. J'avais cru pouvoir l'arracher à cette institution, même si nous y retournions certains dimanches en visite et s'il y piquait volontiers une tête. Mais maintenant, il est reparti s'enfermer là-bas. Il souffrait depuis trop longtemps d'un irrésistible besoin de réintégrer cette maison, avec box, douches, et grand salon où les malades peuvent se retrouver pour jacasser, se détendre, et surtout entretenir leur démence en échangeant en hurlant des absurdités, en confrontant des souvenirs douloureux, tuméfiés, qui rouvrent leurs blessures en se battant entre eux avec la force démesurée des psychotiques qui décompressent.

Moi, je me suis enfuie depuis longtemps. Quand je rends visite à mes parents j'ai soin d'éviter de me mélanger à eux, je ne les touche ni ne les approche de trop près, je m'en méfie comme d'une paire de tigres. Je plonge à peine le bout des doigts dans le bloc où ils gèrent leur aliénation, l'entretenant avec soin en partageant des angoisses, en échangeant des hallucinations qu'ils prennent pour des clichés du réel.

En revanche, ma sœur les fréquente régulièrement, elle se replonge avec délice dans le cam-
bouis amniotique de sa jeunesse avec son mari
et ses deux enfants. Son foyer est sans doute un
asile de fondation trop récente pour lui donner
toutes les joies de la démence absolue.

J'exagère bien sûr, je mens, je ne suis à présent guère plus crédible que Damien. Aucun
rayon de soleil ne m'a jamais suivie dans les rues
comme un projecteur, je suis restée chez moi et
après la brève éclaircie de onze heures quarante-
cinq la grisaille a régné sur la ville. Une grisaille
compacte, uniforme, n'allez pas imaginer
chaque piéton avec son nuage personnel qui
l'aurait suivi comme un chien haut perché, et
attendu à la verticale des boutiques quand il
serait entré y acheter une belle entrecôte pour
deux ou une botte de poireaux destinée à être
mangée le soir en vinaigrette devant un film pas
très drôle mais reposant comme un papier peint
décoré de bouquets de fleurs enrubannés comme
des petites filles modèles.

Je m'étais réveillée de bonne heure, et pour la
première fois en ouvrant l'œil je n'avais pas
pensé à lui. D'habitude, Damien s'invitait chaque
matin dans ma conscience comme un parasite.

Je m'étais levée à plusieurs reprises dans la nuit, j'avais dû l'évacuer avec mes urines.

Quand on a sonné, j'étais dans mon bain. La veille encore Solange avait tenté une incursion, et j'avais dû la refouler violemment. De toute façon, depuis cette rupture je déteste les visites impromptues, j'ai toujours peur que quelqu'un se présente pour s'en prendre à la plomberie, à l'installation électrique, aux plinthes, aux plafonds, et m'annoncer cette fois dans la foulée une maladie grave, ma mort prochaine, mon arrestation immédiate pour un homicide que j'aurais commis dans un rêve.

J'aurais pu me traîner ruisselante jusqu'à la porte, regarder par le judas, et la menacer d'appeler la police si elle persistait à me harceler. J'ai préféré essayer d'ignorer le bruit de la sonnette comme on s'efforce de regarder dans le vague pour éviter de voir un type en mauvais état allongé sous un tas de cartons, tant on a peur de prendre un jour sa place.

J'ai batifolé, je me suis même amusée avec le pommeau de la douche. J'ai joui. L'eau chaude était plus efficace que la main, la langue, le sexe de Damien, et j'en étais arrivée à me demander quel besoin j'avais de son corps du temps où j'en disposais à gogo. Il était pareil à la table de la cuisine dont je ne m'étais toujours pas débarrassée, mais que j'oublierais aussitôt lorsque je l'aurais descendue sur le trottoir, la remplaçant par une autre, ou m'apercevant qu'elle n'avait fait que m'encombrer, et décidant de prendre désormais tous mes repas au salon avec l'impression délicieuse d'avoir réussi en modifiant une habitude insignifiante à changer ma vie.

En m'habillant, j'ai décidé de passer toute la journée à ne rien faire, bradant pour aujourd'hui la peur du lendemain. Le bruit de la sonnette avait cessé, j'écoutais le silence, il me transportait comme une musique. Je ne voulais plus travailler, un nouvel emploi m'aurait mutilée. Je refuserais désormais l'ablation d'une partie de mon temps avec autant de détermination que celle d'un organe.

Bientôt je n'aurais plus rien, je retournerais vivre chez mes parents. Ils m'hébergeraient dans ma chambre d'adolescente en maugréant. J'exigerais de l'argent de poche et la permission de sortir le samedi soir jusqu'à deux ou trois heures du matin. À vingt-neuf ans j'aurais enfin réintégré leur asile, faute d'en avoir bâti un qui m'appartienne. À leur mort j'aurais presque la soixantaine, je ferais valoir mes droits pour devenir pensionnaire d'une maison de retraite où la folie des lucides sera noyée dans le gâtisme qui régnera dans la plupart des têtes.

Je plaisante. En me maquillant, je pensais déjà à mon rendez-vous du lendemain. J'étais arrivée à convaincre un écrivain d'écrire à sa place son prochain roman, une histoire d'amour triste et hurluberlue dont j'avais dû lui proposer le sujet, tant à cinquante ans il était déjà vidé de sa substance comme un vieux poulpe de sa dernière goutte d'encre. Il était si apathique, qu'il signerait l'ouvrage dont vous parcourez la fin en ce moment sans prendre la peine de le lire. Quand bien même le ferait-il, son indifférence est si proche de la sclérose qu'il ne verra aucun inconvénient à cette révélation. D'ailleurs les livres se passeraient fort bien de nom d'auteur. Ils deviendraient alors des objets anonymes, et les écrivains perdraient enfin cette vanité qui les fait parfois se prendre pour des industriels en droit d'apposer leur marque sur les produits sortis de leurs usines.

Celui dont je vous parle appartient déjà au siècle dernier. Il est désaffecté, il tombera bientôt en poussière comme un haut-fourneau gangrené par la rouille. Il n'est plus en mesure de lutter, il est incapable de se mouvoir à l'intérieur de son cerveau, il est son propre mouroir, son sarcophage où son squelette blanchit tandis qu'il persiste à caqueter, à manier des raisonnements absurdes, à plaisanter pour essayer de faire excuser sa présence, son absence, sa ressemblance avec un désastre, une guerre perdue, un trou d'obus, un pique-nique raté sous la grêle.

Je me maquillais, couleurs pastel, cils re-
courbés, et si j'en avais eu j'aurais mis des
lunettes transparentes pailletées d'or. Je n'aurais
pas dit que j'étais belle, mais je me trouvais
charmante, désirable, à mon goût. Je regrettais
seulement de trop bien me connaître pour qu'un
strip-tease devant la glace puisse m'émous-
tiller.

Cet après-midi je me promènerai jusqu'à rencontrer quelqu'un qui m'emporte, et s'il pleut je
m'abriterai à Saint-Eustache où j'arpenterai les
travées à la recherche du prince charmant. Désormais, je pourrai envisager de faire enfin l'amour
sans imaginer l'image de Damien tapie derrière le
lit pour mieux fondre sur moi au moment de
l'orgasme.

J'ai entendu un petit bruit métallique en provenance de la porte d'entrée. Je suis allée ouvrir, croyant que le fils à moitié idiot de la voisine cherchait à crocheter la serrure pour venir respirer l'odeur de mes draps, me violer avec un de ses jouets d'enfant attardé, ou même avec son pénis que j'imaginais prendre en érection la forme d'une fourchette à gâteau. J'ai ouvert, prête à le gifler de toutes mes forces pour lui faire tourner les méninges comme un manège et lui donner une chance de devenir fulgurant sous le choc.

— Qui êtes-vous ?

— Je suis serrurier.

Le type a déguerpi illico avec sa sacoche comme si je l'avais surpris en train de cambrioler.

— Gisèle, je vous supplie de nous excuser, mais nous avions peur de vous déranger à force de carillonner.

Elle était là en face de moi, avec son mari qui essayait de se dissimuler comme il pouvait derrière elle.

— Nous avons une nouvelle à vous annoncer.

— Voilà, Damien vous aime, il vous appellera.

J'ai claqué la porte en éclatant de rire.

Damien dont j'avais évacué les derniers miasmes à mon réveil, Damien dans les égouts, Damien poursuivi par les rats qui l'excréteraient à leur tour, Damien l'amoureux des conduits, Damien qui déclarerait sa flamme à la terre qu'il rejoindrait bientôt. Il se passerait de cérémonie, de sépulture, pas de funérailles, pas d'oraison pour quelques gouttes de pisse.

Contrairement à ce que j'ai prétendu tout à l'heure, je n'ai pas pris la peine de les regarder quitter l'immeuble et disparaître au coin de la rue. Ils n'ont même pas eu besoin de descendre mes deux étages, car sitôt la porte claquée ils se sont froissés comme des brouillons. Le gamin d'à côté les a portés à sa bouche, les mâchant jusqu'à en obtenir des boulettes, qu'il a crachées baveuses sur le pare-brise d'une voiture pressée de gagner le périphérique, de prendre l'auto-route et de se perdre au fin fond de l'Europe.

Tandis qu'à son bureau Damien tombait tête la première dans la grande déchiqueteuse de la salle des archives. Depuis le matin, elle avalait des stères de documentations périmées, de projets abandonnés, de plans dessinés par un employé licencié le mois précédent, qui malgré les traitements des neurologues persistait à trembler, tant le décès de sa mère l'avait chagriné au point que deux ans plus tard il sanglotait encore chaque soir comme un enfant abandonné par des parents désespérés, dans la foule d'un centre commercial éloigné de cinq cents kilomètres de leur pavillon vidé par les huissiers et saisi par les banques. Les larmes formaient parfois des flaques derrière les verres de ses grosses lunettes d'hypermétrope qu'il portait très près des orbites.

En même temps, leur résidence versaillaise se résorbait, ne laissant ni gravats ni traces ni terrain vague. Les maisons qui la jouxtaient auparavant étaient devenues contiguës sur-le-champ. S'ils avaient été présents à ce moment-là, leurs habitants n'auraient perçu aucun bruit, pas même le tintement des verres en cristal ou le cliquetis des lustres. D'ailleurs, ils ne conserveraient aucun souvenir de ce bâtiment à deux étages planté au milieu d'un affreux jardin au gravier orangé, aux arbustes taillés en pointe comme des barbiches, encombré d'une piscine glauque comme une mare de la mi-septembre aux premiers jours de juillet. Ils ne se souviendraient pas non plus de ce trio de personnages dépourvus de pensée aussi bien que de corps, apparitions langagières, spectres de mots, phrases qu'ils n'avaient jamais croisées en allant courir le dimanche matin, ou en rentrant un soir à pied de la gare après un déplacement professionnel dans le Dijonnais.

Je suis sortie de chez moi à treize heures. Il pleuvait. Saint-Eustache était claquemurée, et de toute façon même si j'avais erré pendant des mois dans cette église, je n'aurais fait qu'y croiser des bigotes et des touristes agenouillés pour mieux photographier l'abside en contre-plongée. J'aurais pu chercher fortune dans un café, mais mon désir était tombé comme une poussée de fièvre.

Je suis descendue au Forum des Halles acheter une jupe, et la même eau de toilette qu'une amie m'avait offerte le jour de mes dix-sept ans. Je ne répondais pas aux hommes qui m'adressaient la parole, je bousculais les gens pour grimper plus vite les marches des escaliers roulants. J'avais l'impression de baigner dans la réalité comme dans une mer tiède encombrée de rafiots, de chaloupes, et de vieilles caisses à la dérive qui me heurtaient parfois en me réclamant une pièce ou un ticket de métro.

Je suis rentrée. Je me suis aspergée d'eau de toilette. J'étais un peu déçue de ne pas me retrouver en pleine adolescence dans les bras du garçon avec qui je sortais à cette époque-là.

Ce soir, je mettrai ma jupe neuve et un chemisier phosphorescent que je n'ai encore jamais porté, pour me rendre à l'inauguration d'un nouveau cinéma clandestin installé dans les catacombes. Un couple d'amis me guidera dans les sous-sols de Paris où ils prétendent avoir passé enfants d'inoubliables moments, quand ils séchaient les cours pour aller à la recherche de magots enfouis sous la Révolution par des aristocrates raccourcis peu après, tant leur déguisement de pauvre hère les engonçait comme une armure et les faisait repérer mieux qu'une couronne ducale.

Je rentrerai peut-être au matin avec un garçon qui me fera l'amour vaille que vaille. Je ne le reverrai plus, nous passerons six mois ensemble, nous fonderons une famille dans le quartier, en province, à l'étranger, ou sur Mars, dans une ville rouge, étanche, remplie de colons comme nous avides d'espace, de lointains arides, et de lieux clos.

J'aurais pu envoyer un message pour annuler

mon rendez-vous du lendemain, mais la confection de ce livre ne m'a jamais concernée en aucune façon, et peu m'importait qu'il soit sur le point de s'achever.

Je me suis allongée sur le canapé. Il ne pleuvait plus. Un rayon de soleil avait monté l'escalier, s'était faufilé sous ma porte, et il éclairait à présent le salon d'une lumière douce de fin d'après-midi d'automne. Je ne me souciais pas de l'avenir, je l'attendais avec tranquillité, béatitude, comme on se remémore un merveilleux souvenir.

Je suis une femme verbale, quelqu'un d'imaginaire et variable, comme tous les autres gens
de cette histoire. Pourtant, avant de disparaître,
je voudrais m'incarner un instant. Le temps de
vous avouer que Damien n'est pas celui dont je
vous ai parlé. J'avais trop souffert pour m'écor-
cher la gorge en le recrachant comme une
pierre. Mais je ne regrette pas de l'avoir aimé,
même s'il était aussi incapable d'amour qu'un
texte, une bande de mots contradictoires, indif-
férents, réversibles, dévastateurs, tendres, irres-
ponsables, assassins, ou pareils à un rire qui
aurait fusé cruel et triste. Je l'ai aimé, même s'il
est resté tout au long de notre histoire enfermé
dans le langage, prison mobile qu'il confondait
avec la liberté et dont il ne sortira un jour que
pour expirer.

Car je suis sûre qu'il est toujours plus ou moins vivant, assez sans doute pour avoir écrit ce roman.

DU MÊME AUTEUR

Aux Éditions Gallimard

SUR UN TABLEAU NOIR, roman, 1993

ASILES DE FOUS, roman, 2005. Prix Femina (Folio nº 4496)

MICROFICTIONS, récits, 2007. Prix du Livre France Culture-Télérama (Folio nº 4719)

LACRIMOSA, roman, 2008 (Folio nº 5148)

CE QUE C'EST QUE L'AMOUR ET AUTRES MICRO-FICTIONS, récits, 2009 (Folio 2 € nº 4916)

Dans la collection Écoutez lire

MICROFICTIONS (1 CD)

Aux Éditions Verticales

HISTOIRE D'AMOUR, roman, 1998 (Folio nº 3186)

CLÉMENCE PICOT, roman, 1999 (Folio nº 3443)

AUTOBIOGRAPHIE, roman, 2000 (Folio nº 4374)

FRAGMENTS DE LA VIE DES GENS, romans, 2000 (Folio nº 3584)

PROMENADE, 2001 (Folio nº 3816)

LES JEUX DE PLAGE, 2002

UNIVERS, UNIVERS, roman, 2003. Prix Décembre (Folio nº 4170)

L'ENFANCE EST UN RÊVE D'ENFANT, roman, 2004 (Folio nº 4777)

Composition Imprimerie Floch
Impression Maury-Imprimeur
45330 Malesherbes
le 4 avril 2011.
Dépôt légal : avril 2011.
1ᵉʳ dépôt légal dans la collection : janvier 2007.
Numéro d'imprimeur : 163818.

ISBN 978-2-07-034296-9. / Imprimé en France.

183990